マジック消しゴム

エピソードⅢ

皇統の記憶

石川 一郎太

文芸社

マジック消しゴム　皇統の記憶◆目次

1．子午線上の

「ただいま～」

あすかが久しぶりにわが家に帰ってきました。

「おかえり～。あすか、無事だったか～」

「大げさだね、パパ。三泊四日の修学旅行だよ」

「娘となれば心配なもんだよ」

お父さんが眉を八の字に落としたところでリビングから顔を出したのは、たけるでした。

「よ、久しぶり」

「あっ！　お兄ちゃん、元気そうだね。どう？　京都の大学生活は？」

「楽しくやっているよ。そういえば、あすかの修学旅行先は関西だったんだね」

「そう。京都、奈良、滋賀と回ってきました！」

それを聞いたお父さんが、そのあたりは歴史的な神社仏閣が多いよね！　と割って入ってきました。

「でも十七歳の女子高生にとって、お寺や神社には興味なーい」

「そうか、がっかり」

肩を落としたお父さんでしたが、「でもキトラ古墳は面白かったかな」というあすかの感想を聞いて気分が上がりました。

「そう、キトラ古墳は面白いよ！」

「キトラ古墳？　僕、知らないな。やっぱり巨大な前方後円墳とか？」

いやいや、と言いながらお父さんがスマホを取り出しました。

「これがキトラ古墳の外観だよ」

「ふーん。イメージと全然違う。四角いテラスの上にドームを乗せた感じだね」

「この作りを二段築成円墳っていうんだ。ちなみにドームの直径は九・四メートル、下段のテラス幅は一三・八メートル、高さは上段・下段あわせて四メートル」

「そんな数字がすらすらでてくるなんて、ある意味、スゴイ！」

「それにキトラ古墳には面白いものがあってね。あすかは見た？」

「天体図ね」

「これだよ」

とお父さんがまたまたスマホを見せると、たけるがそれを覗き込んで目はぱちくりさせました。

「天の北極を中心に北斗七星、織女、昴、オリオンなんかがあるけど、どれも正確そう」

「これが千三百年前に描かれたっていうんだから」

「嘘でしょう！」

「この時代、星の位置を測定する渾天儀《こんてんぎ》という装置があったからね」

「へ～そうなんだ。で、そのキトラ古墳ってどこにあるの？」

「奈良盆地の南の端だよ」

「調べてみよう。インターネットマップにキトラ古墳を入力して……これか……おや？その真北は京都の山科。ぼくが今住んでいるあたりだ！」

「さて、山科にある天皇陵といえば？」

「そりゃ天智天皇陵でしょ」

「ここで問題。天智天皇こと中大兄皇子は、即位しないまま天皇のように振舞う称制を続けたあと、大津に遷都して即位しました。それはなぜでしょうか？」

「私、出来事と年号の丸暗記だったから、なぜって言われてもさっぱり分からない」

「おやおや、それはもったいない」

「もったいない？」

「歴史はなぜって考えると面白いからね」

「ふーん」

と半信半疑の様子を見たお父さんが提案しました。

「試しにキトラ古墳と天智天皇陵の経度を調べてみたら」

「そんなのお安い御用。国土地理院のサイトにいってと……ほら出た。キトラは東経一三五度四八分一八・九八秒。で、天智天皇陵の東経は……一三五度四八分二六・三八秒!? ほとんど同じだ！」

「ここで想像力を駆使してみよう」

「なに？　急に」

「頭のなかで天智天皇陵とキトラ古墳を結ぶ直線を思い描いてみよう」

「南北一直線ってことね」

「たけるとあすかがその直線の真ん中あたりに立っている、としよう」

「フンフン」

「天智天皇陵は真北にあるよね」

「うん」

「一八〇度振り返るとキトラ古墳が真南にあるよね」

「そうだね」

「日本を含む東アジアでは、昔から方位を十二支で表現するよね」

「いきなりだけどまあ、そうだね」

「たけるは十二支を言える?」

「ねー(子)・うし(丑)・とら(寅)・うー(卯)・たつ(辰)・みー(巳)・うま(午)・ひつじ(未)・さる(申)・とり(酉)・いぬ(戌)・い(亥)だけど」

「それって東経一三五度四八分に関係ある?」

「これがあるんだなー。北を子と定め三〇度ずつ時計回りで、丑・寅・卯・辰・巳・午・未・申・酉・戌・亥を置いて方位を表現するんだ」

「ということは、卯が東、午が南、酉が西?」

「ここで気づいたことは?」

「天智天皇陵は北だから子、キトラ古墳は南だから午……」

「私、分かった！　天智天皇陵とキトラ古墳を繋ぐ直線って子午線だ！」

「あすかは相変わらず勘がいい」

「千三百年前の人たちは正確な子午線を描けたんだ、きっと！」

「キトラ古墳は形がユニークで、天文図があって、天智天皇陵とは子午線で結ばれている」

「なんだか面白そう。久しぶりにマジックビジョンで歴史を見に行こうよ」

「いいね」

二人はそれぞれのマジック消しゴムを手にして大きく円を描きながら、

「令和初のマジックビジョン、天智天皇の時代！」

と声を揃えました。

そうすると目の前に一三五〇年以上前の時代が現れたのでした。

2．水鏡

六六七年（称制六年）春
私の父は、称制を続ける中大兄皇子。この一年後、即位し天智天皇となる。

母は伊賀豪族の娘、宅子《やかこ》。私は二人の間に生まれた皇子だった。

父はこの年、人々の反対を押しきり、都を飛鳥から淡海西岸の大津に遷した。

宮人たちは大津の桜を愛でながらも、飛鳥に思いを寄せていた。そんな時、花散らす風は強い。人は桜に己を重ねて見ることはあるのだろうか。

桜が咲いていた。

風が吹くたび桜の花びらが散る。

無数の花びらが淡海に落ち、波に浮かび揺れやがて消えた。

大津宮は淡海と比叡山に挟まれた錦織《にしこおり》の地に築かれた。内裏の広さは、東西三町、南北四町ほどだった。

宮の北側に檜皮《ひわだ》で葺《ふ》いた内裏正殿があった。

真白な壁が正殿を囲む。白壁は内裏と朝堂院の境を定め、その中央には馬をも通す南門があった。


その日の真夜中、正殿の夜御殿《よんのおとど》で休んでいたはずの父が、馬に跨り南門を通り抜け、五里ほど離れた私の邸《やしき》、大友寺に向かってきた。


遠慮のない足音がこちらに向かってくる。

足音は私の寝所の前で止まった。

この真夜中に一体何が！

そう思う間もなく板戸が開いた。目に入った人物は父だった。

「大友よ、馬を用意せよ。今すぐに！」

「この夜中に、ですか？　明朝では……」

「今この時でなくてはならぬ！」

「供の者は？」

2．水鏡

「いらん！」

父の迫力に圧された私は、厩舎に回り鞍を整え正面に出た。

見上げれば月。銀色の光を背後から受けた父の騎乗姿が、鮮やかに浮かび上がっていた。

「今から坂本に向かう」

父と私は、湖畔に沿いながら十余里を一気に北上した。

坂本は石垣作りの異能集団の本拠地だった。そこに入れば、大小不定形の自然石を積み上げた見事な石垣が、ごく当たり前に続く。

左手に本坂が見えた。本坂は比叡山脈の渓谷に沿い山城に抜ける古き道だった。

父は手綱を引いて馬の頭《かしら》を西に変え、そこから左右交互に半円を描く本坂に入っていった。

闇から聞こえるは、滝の轟音《ごうおん》と時たまの鳥の羽ばたきだった。このまま山城に向かうのかと思っていたら、下りに差し掛かったところで、父は馬を止め視線を上げた。その先には何もない。

「ここから山頂まで一気に駆け上がる！」

いくら目を凝らしても、針葉樹と広葉樹が混在する森が続くだけだった。

「道などありませぬ！」

「ついてくればよい！」

父が馬の頭を山頂に向け脇腹を軽く蹴った。それを合図に馬は全力で走り出した。春とはいえ比叡山系はまだ寒い。しかし、そんな不安を感じる暇《いとま》もない。

道はない。

いや、あった。

馬一頭分の細い道が。

その分だけ下草が刈り取られ、枝葉が打ち払われていた。急峻でも行く手を阻むものはなにもない。馬は時折垂直にのけぞりながら、登り続けた。

しかし、あと少しというところで道が絶え、馬も疲れ果てその場で横たわった。

山頂までは己の足で駆け上がるしかない。馬を下り周囲を見渡したが、一筋の光も届かない漆黒の森が続くだけだった。しかし、父は迷いなく駆け上がってゆく。きっと、私に見えない道が見えていた。

やがて枝葉の密度が薄れ、微かに銀色の光条が入ってきた。ふと足元を見ると、山道がいつの間にか石の階《きざはし》に変わっていた。

２．水鏡

それを登り切ると真白な玉砂利を敷きつめた平地に出た。そこは比叡山系四明岳。月の光を受け青白く輝く玉砂利の上に、鳥居の影が落ちていた。玉砂利を踏みしめるごとに音が響く。父が鳥居をくぐり私も続いた。鳥居の内には聖なる気配が、確かにあった。

その時雪が、粉雪が舞い降りた。雪は玉砂利に触れるや小さな雫《しずく》となって薄墨色に変わり、すっと内へと吸い込まれた。父が切り立つ崖先から淡海を見下ろした。

「これが四明岳からの光景よ」

「み、水鏡！　淡海は星々を映し出す巨大な水鏡ではないですか！」

しかし、それはほんの一瞬だった。直後に風が吹き湖面は震え、水鏡の星々は滲んで消えた。

淡海では東の伊吹山、西の比叡山から吹き降ろす風が湖面でぶつかり、漣《さざなみ》が立つ。漣を見ながら父は何かを待ち、その間、風は吹き続けた。見上げれば、北辰を中心に星々はゆっくりと弧を描きながら移動していた。東の空が白みだした時だった。

「大友よ！　今、この時の淡海を見よ！」

——そんなことがあるのか。

私は生涯忘れえぬ光景を目にした。

「水鏡に七星だけが鮮やかに映っている！　他の星は滲んでいるのに」

私を導いた理由《わけ》はこの光景を見せるためだったのか。

水鏡の七星は天と連動し、少しずつ湖畔に近づいていた。

七星の先端の星天枢は湖畔との距離を縮め、やがて岸に触れた。その直後、七星は震えて滲み、他の星との区別はなくなった。

「これが天の意！　天はお前を日嗣と認めた！」

「私が日嗣？　水鏡の七星がその顕れなのですか？　即位する時があるというのですか、この私が！」

「伝えるべき記憶の道が、これから現れる」

3．記憶の海

六〇五年（推古十三年）斑鳩

皇統の記憶はここから始まる。

飛鳥から亥《い》の方角へ二十数里離れた斑鳩の里に法隆寺がある。厩戸皇子は、今日も東伽藍の南門から夢殿に入る。

八面の瓦葺《かわらぶき》屋根の頂点を一つに結ぶ甍《いらか》の上に、黄金宝珠が光り輝く。朱と真白に彩られた夢殿は、地上に現れた極楽浄土だった。皇子はひとり、大和の歴史書を書き記す。

遥か原初の記憶から始まった歴史書は、ついに最終の段《くだり》に入った。しかし、それは未来の歴史だった。未来は記録や伝承では描けない。

皇子は黙考しやむを得ず、と呟き、己が魂を記憶の海へと解き放つ。

椅坐《いざ》の姿勢から右足を左膝に乗せ、右肘は同側の膝の上に預ける。右の親指と中指で作った思惟手《しゆいしゅ》を口元に運び、左手は右の踝に軽く添え無の境地に入る。そこから一瞬で魂は、記憶の海に飛び込み、過去も未来も目撃する。

広大な記憶の海の遥か先に、越えてはならない領域がある。そこに入れば何もかもが無限小に圧縮され、脱出することも叶わない。気まぐれな魂は、そこに接近しすぎる時がある。

夢見はほんの一瞬だったのか、一昼夜もかけて見ていたのか。実感のないまま皇子がゆっくりと瞼を開けて目にした光景は、いつもと変わらぬ夢殿だった。

「無事帰ってきたか……それにしても夢見のあとは体が重い」

体を引きずるように皇子は文机に向かい、真新しい巻物に未来の歴史を記した。

——・・——・・——・・——・・——・・——・・——・・——・・——・・——・・

持統天皇最終の段《くだり》

天皇、策《みはかりごと》を禁中《おほうち》に定めて、皇太子に天皇位を禅《ゆず》る

――・・――・・――・・――・・――・・――・・――・・――・・――・・――・・

「私の歴史書はここまで」

そう言ってから筆を置き、外に控えていた近習に呼びかけた。

「葵よ」

「はい」

と返事をした五十路手前の男の名は葵。

葵が畏まりながら扉を開けた。目じりに刻まれた皺に誠実な人柄が滲む。この頃白髪が目立つようになったと、こぼすことも多い。

「稗田をここ斑鳩に連れてきてほしい」

「かつて皇子の侍従を務めていた……稗田殿？」

皇子は首肯した。

「やむなき事情で稗田は飛鳥を離れたが、歴史書が完成した今、稗田の力が必要」

「畏まりました。確か……稗田殿は斑鳩から十里ほど離れた北の地に暮らしていると聞いております。今から向かえば午の刻前には着きましょう」

葵は支度を整えその地に向かった。

稗田は誰も住まない沼地で一人、暮らしていた。周囲からどれだけ好奇な視線を受けようが、そこに留まる理由があった。

「あんなところに一人住んでおるのか……」

葵は唖然としながらそれを目にした。

沼の中央に小さな島が浮かんでいる。その島は一本の頼りない道で、かろうじて対岸と繋がっていた。葵は足元を取られぬよう、ゆるりと最初の一歩を踏み入れた。

島にたどり着いたところで視線を上げてみると、それは人が住む家屋というより、隙間だらけの道具小屋と言った方が相応しい。葵は気持ちを切り替え、息を整え呼びかけた。

「稗田殿」

突然の来訪者に困惑した様子の稗田が、建付けの悪い半開きの引き戸から顔を出した。

「葵様？　まさか葵様がお訪ねくださるとは……恥ずかしながらご覧の通りの暮らしぶりです」

と俯き加減に戸を開け、葵を内に招いた。

「邪魔をする」

そこで目にしたものは、乱雑に置かれた食器と壁に立てかけられた農具類だった。

「突然のことで驚いたであろう」

「いえ……」

稗田は綻びの目立つ円座を差し出し、「こちらにお掛けください」と囲炉裏《いろり》の前に導いた。

ここに来た理由じゃがの、と足を組み直した葵が言う。

「皇子が大和の歴史書を完成させたのじゃ。長い年月をかけての」

「歴史書？　そういえば……私がお仕えしていたころから取り組んでいらっしゃいました」

「皇子は歴史書が完成した今、どうしても稗田殿の力が必要と申すのじゃ」

「そういうことでしたか……」

葵は、「どうじゃ？」と人懐っこい笑みを浮かべて尋ねた。

「光栄でございます。しかし葵様、歴史に詳しき宮人ならば斑鳩にもおりましょう。私ごとき、お役に立ちませせぬ」

「それはなかろう」

「いえ、お受けできませぬ」

稗田は平伏しながら己の意思を示した。これは簡単ではないと考えた葵は、眉を八の字に下げ腕を組み、どうしたものかと考えあぐねてから、やおら語った。

「貴殿が役に立つか立たんか私には分からん。じゃが、そんな私でも言えることがひとつある」

「と申しますと？」

「皇子の申すことに間違いはなかった、ということじゃ」

「それは確かでございます。私も側で仕えておりましたゆえ」

「ならば、稗田殿の件も間違いない。これを機にまた皇子に仕えてみんか？」

「まことに有難きお話なれど、どうにもならぬ事情がございます」

「心配事があるなら申してみよ。ともに考えよう」

それで心がほぐれたのか、稗田が本音を語った。

「私は人々が集う地では暮らせないのです」

「どういうことじゃ？　集落の方が何かと便はよかろうに」

人様から理解されることではないのですが、と前置きしてから、「人集うところでは、耐えがたき眩暈《めまい》や吐き気に苛《さいな》まれるのです」と稗田が告げた。

「それは大層な。が、何ゆえに？」

「目にする光景が異様なのです」

「というと？」

「光景が激しく震えます。輪郭も、色あいも」

「うーむ。それはどうにも分からんが……例えば向こうに見える集落はどうじゃ？」

稗田はいかにもつらそうに目を眇《すが》め、窓越しに集落を見た。

「震え続けております。しかも人が多いほど震えは激しいのです」

「ふむ。ならば声はどうじゃ？」

「声もまた幾重にも重なり耐え難き騒音となります」

葵は皇子の言葉を思い出した。

「貴殿はやむなき事情で飛鳥を離れたと聞いたが……」

「飛鳥では、震える光景と騒音が激しく、次第に体調が崩れ……」

「皇子の元を去ったのか」

「はい。されど浮島で一人静かに暮らす限り、震える光景も騒音も随分とやわらぎます」

「そういうことか」

「斑鳩も人々が集う地であれば同じこと。ご期待に沿えるとは思えませぬ」

「皇子は、それを承知の上で貴殿を求めておるのじゃ。どうか力を貸してはくれぬか」

とひたすら願ったものの、稗田は首を縦に振らなかった。

しばらくして葵が、「ふむ」と何かを思い立った。

「飛鳥では皇統をめぐる争い絶えず。無念、怨念、さぞや残っておろう」

「あるいはそうかもしれませぬ……」

「のう稗田殿。ゆえに皇子は新たな仏都、斑鳩を築いたのではないか。人々の魂を慰めるために」

そう呟いた葵の視線の先に、澄み切った斑鳩の高い空が広がっていた。

「ならば、斑鳩はどうであろうな。貴殿が目にする光景は、飛鳥とは違うかもしれぬぞ」

はっとした表情になった稗田が「確かにそうかもしれませぬ」と言って、葵と同じ空を見上げ、意を決した。

「厩戸様のお役に立つのであれば再びお仕えしたいと存じます」

「そうか、皇子の期待に応えてくれるか!」

その地から斑鳩に至る途中までの道は細く険しい。しかし、下ツ道《しもつみち》に入れば行程は随分と楽になる。

下ツ道は、牛車ならば優に五、六台は行き交うほどに広い南北に走る大路だった。

道の両脇には用水路と街路樹が整えられ、東西方向に大小の道がいくつも直行する。

人々が往来するなかで、十数人が集まり何やら大声でやり取りを繰り返していた。

「葵様、ひときわ騒がしいあの人だかりは何でございましょう」

「ああ、あれは市《いち》というものじゃ」

「市?」

「このあたりは様々な品物が各地から集まる。珍しい石や貴重な薬草、中にはそれらを材にした不老不死を騙る薬もどきまである。それらを高く売りたい者、安く買いたい者。そんな思惑を持つ者同士が自然と集まり、駆け引きが始まる。それが市じゃ」

稗田が目にした市の光景は激しく震え、欲望の声は騒音となり頭のなかで反響した。たまらず市から視線を外すと、鮮やかな装束を着こなした女御《にょうご》が、車に乗り込もうとするところだった。

豊かな黒髪を中央で結い上げ両端が垂髪のその人は、薄紫の領巾《ひれ》を肩で羽織っていた。そんな優美な姿も激しく震え、背後から放たれる黒い断片が稗田を襲う。

人が倒れる音がした。

振り返ると稗田が倒れていた。葵は慌てて駆け寄った。

「どうしたのじゃ！」

「申し訳ございません」

血の気の引いた顔で応じた稗田に、葵は肩を貸し木陰に導いた。

「ここでしばらく休むがよかろう」

手ごろな切り株を椅子代わりに、半刻ほど休むと稗田の血の気は戻っていた。

それを見定めてから葵が、目尻の皺を一層深くして稗田を覗き込んで言った。

「こういうことか」

「はい……今日の震えはとりわけ激しく、耐えられませんでした」

「無理をさせるのう」

「じつは、震える光景に耐え難きものが伴います。記憶の断片、とでも言えばよいのか……」

なんじゃ、それは？　と葵は小首を傾げた。

「震える光景から次々と記憶の断片が現れるのです」

「何やらよく分からんが、それが？」

「私の頭に流入いたします」

「記憶が勝手に？」

「例えば、葵様は記憶の対象をご自身で選んでおりましょう」

「ふむ。いちいち覚えはせんが、必要ならば記憶しようと努めるのう」

それが？　と葵は怪訝な顔でしばらく考え込んでから、思いついた。

「稗田殿は記憶の対象を選ぶことが、できぬというのか？」

「過去、現在、未来の記憶が次々と私の頭に流入し、すでにある記憶と混在します。それらは秩序なく私の頭のなかで定着します」

「それが稗田殿の記憶か。わたしには到底分からんが……」

葵は気恥ずかしそうに、

「この頃は年のせいか覚えは悪く、覚えた先からすぐに忘れる。これはこれで困ったものよ」

と片手で白髪交じりの頭をわさわさとかき混ぜた。

がっはっは、と豪快に己を笑い飛ばした葵を見て、稗田の気持ちは軽くなったのか。

「忘れたい記憶があっても、消え去ることがありません。それはずっと私を苛む……」と本音を語った。

「ふむ、生きておればつらい記憶もあるもの。されど時が過ぎれば薄れ消えてゆこうが……」

「私に忘却はありませぬ」

「そうか。貴殿は忘却からの救いも得られぬか」

稗田が身を預けた木陰の周りに目をやると、細い白糸を集めたような撫子《なでしこ》が咲いていた。置かれた場所でひたすらに咲くその花が、稗田に力を与えたのか。

切り株から立ち上がり言った。

「お待たせいたしました。葵様」


はるか遠くからそれと分かる仏塔は、創建間もない五重塔だった。

「あの塔は厩戸様の祈り」
一人呟いた稗田は、記憶の断片の対処に慣れてきた。それは強弱をつけて受け入れるこ
とだった。次々と飛び込んでくる断片をある瞬間、敢えて強く意識して受け入れてみた。
そうすると、次の瞬間に飛び込んでくる断片は相対的に弱く流入した。それを繰り返すう
ち、乱雑な記憶の断片に強弱の区別がつき、いくらか秩序を与えることができた。

法隆寺は西伽藍の中心に建つ荘厳な金堂を目にした稗田は足を止めた。金堂の震えは心
地よく、記憶の断片はむしろ神々しい。心は昂り、さらに東伽藍へ移り南門に立った。
「あれが夢殿じゃ。皇子は一日の大半をあそこで過ごされる」
夢殿を取り囲む真白な回廊。そこに嵌め込まれた連子窓《れんじまど》は緑。等間隔に立つ柱は朱。極
彩色の回廊が極楽浄土を囲んでいた。

「稗田殿をお連れいたしました」
扉の手前で葵が伝えた。
「入りなさい」

久々に耳にした皇子の声は清水のごとく澄み切きり、絹のように柔らかい。何ひとつ変わっていないと稗田は思った。

内に入れば、白壁の東に龍、南に鳳凰、西に虎、北に蛇が巻きつく亀が描かれていた。それに見入っていた稗田に葵が、四神相応というものがあっての、と切り出した。

「青龍、朱雀、白虎、玄武。これら四神獣が最も力を出せる土地相を、四神相応の地という。大陸では、都を四神相応の地に求めるそうじゃ」

足元を見れば、磨き上げられた床板が一直線に延びていた。その先に一段高い台座があり、その中央に、錦の織《おり》で飾られた一間四方の御座所《ござどころ》があった。

そこに厩戸皇子、坐わす。

皇子の背後から放たれる光は、すべてを浄化する。深き碧《あお》の表袴《うえのはかま》を纏った皇子の、紫水晶のごとき瞳には深き慈愛があった。

光景は震えていた。しかし、心地よい。

「何とありがたい！」

思わず稗田は口にした。

「しばらくであったな、稗田よ。傍に来よ」

稗田は平伏したまま皇子との距離を縮めると、透明な絹の織物に触れた気がした。その感触は皇子に近づくほど確かなものになり、ついには全身が包まれた。

——ああ、この優しさには覚えがある。恐れることは何もない。私は母から限りない愛を受けているのだから。

それは、胎内にいた頃の原初の記憶だった。

「お前の記憶力は大和にあって唯一無二。目にしたもの、耳にしたものは何ひとつ違わず記憶し、忘却することがない。そうであったな」

その声で稗田は、現実に戻った。

「仰せの通りでございます」

皇子は文机に積み上げられた何百もの巻物の山を示した。

「ここにある天皇記。これらすべてを目にしたまま、耳にしたままに覚えよ」

そ、そのような大役、私には、と躊躇した稗田に、皇子は諭すように言った。

「それが果たせる者はお前以外になかろう。早速だが」と皇子が最初の巻物を手に取ろうとしたときだった。

「恐れながらひとつお尋ねしたいことがございます」

皇子は伸ばした手を引き戻し、申してみよと促した。

「これらはまさに大和の宝でございます。ならば私の記憶という曖昧なもの、誤りあればお役に立つどころか悪しき影響を残しましょう」

皇子は頭を振り、それは杞憂というもの。お前の記憶力は私が一番知っている、と穏やかに答えた。

「その上でお前を頼るは、不吉な夢見のため」

「と申しますと？」

「炎上する屋敷の中で、燃え上がる天皇記を見た」

「この歴史書が灰燼に帰すというのですか！」

皇子が頷いた。

「私は未来を知りえても変えることはできぬ。だが、お前が天皇記のすべてを記憶し、子や孫に伝えればそれが備えとなる」

稗田から迷いが消えた。

「皇子の命、謹んでお受けいたします」

その日から皇子は歴史書を稗田に見せては読み聞かせ、稗田はそのひとつひとつを記憶した。

やがて季節が一つ過ぎた。

皇子が最後の段を読み聞かせ、稗田はそれを耳にしながら漢語の並びを目に焼き付けた。

「天皇記のすべて、記憶いたしました」

皇子が微笑みながら頷くと、そばにいた葵が「これだけのものを記憶したか。大したものよ、稗田殿は」と労って、ところでどうじゃ、斑鳩に来てからの体調は、と心配顔で尋ねた。

「そういえば……眩暈や吐き気はありませぬ。光景の震えがむしろ心地好いくらいです」

「そうか、それはよかった。ならば記憶の断片は？」

「記憶に秩序を与えるコツを掴んでから混乱も少なくなりました」

「ならば暮らしぶりを変えてはどうじゃ。あの浮島暮らしでは嫁も貰えまい？」

ご、ご冗談を、と言う稗田は顔を赤らめた。

そんな二人を見守っていた皇子が語った。

「私は人々の暮らしを見聞するため、愛馬黒駒を駆って国中を回る。そんなある日、淡海の浜辺に立った時のこと。『一帝王有り。都を淡海に遷す。国治むること十年』という声が届いた」

「私には何も聞こえなかったのう」

「乱がある。都が炎に包まれ、民は逃げ惑う……しかし私は無力」

「皇子は未来の民にも心を砕いていらっしゃる。ありがたいことじゃの」

「はい」

その時稗田は決意した。

(天皇記だけではない。子や孫に伝えるべきは廐戸様のお心だ)

稗田は使命を果たすため、新たな地を求め旅に出た。

六四六年(孝徳二年)晩秋
父が蘇我入鹿を斬殺した直後、皇極天皇は退位した。父は皇太子に留まり、叔父の軽《かるの》皇子《みこ》を第三十六代孝徳天皇として擁立した。しかし、実権は父が握っていた。その現状を変えようと、天皇は父の力を削ぐ策を巡らせた。そんな時、天皇が右大臣蘇我石川麻呂を呼び出した。

最初の一言は穏やかだった。

「あなたの手元にある天皇記を私に献上してくれませんか？」

平伏して聞いた石川麻呂の眉尻がぴくりと動いた。

（天皇は歴史書のことを知っている。だとしても渡せない。どうにか躱さねば）

石川麻呂は即座に答えた。

「喜んで献上いたします」

「そうですか」

天皇は、満面の笑みで語った。

「右大臣の忠義心、皇太子に対してだけではありませんね。ならば、明日にでも持ってきてもらいましょう」

石川麻呂が上体を起こし天皇を見据えて言った。

「しかしながら……」

天皇は、口角をぎこちなく上げ、確かめるように言った。

「何か、あるのですか」

「偽書となれば話は別でございます」

天皇は口元を手で押さえ、ホッホッホッ、と軽やかな笑い声を響かせて言った。

「たとえ偽書でも、あなたの責任は問いませんよ」

「そのご配慮は有難きかな。とはいえ偽書を献上したとなれば、蘇我家末代までの恥でございます」

「偽書であろうがなかろうが、気にしなくてよいと言っているでしょう！」

天皇の語気が強まった。しかし、石川麻呂は応じない。

「真贋を検《あらた》める時間をいただきたい」

「真贋？　何ですと！」

天皇は豹変した。

「要は天皇記を献上する気がないのか？」

「いえ、決してそういうことでは……」

牙を剥き出しにした夜叉のごとき形相で天皇が言い捨てた。

「謀反でも考えておるか、石川麻呂よ！」

「滅相もございません」

「もうよい、下がれ！」

瞳の奥に狂気と憎悪が宿る。そんな天皇の素顔を見た石川麻呂は、体を震わせ内裏後殿を後にした。

心を鎮めようと石川麻呂は、屋敷の手前に広がる雑木林に立ち寄った。

晩秋の高い空。淡い筋雲が西から東へと流れてゆく。沈みかけた太陽は筋雲を茜色に変え、木々に長い影を与えていた。

「あれは一年前のこと」

石川麻呂は思い出していた。

「私は中大兄様に従い、乙巳の変に加担した。それがもう、何十年も前のように思える。時とは不思議なものよ」

天皇の殺意を帯びた視線に不吉な予感が走る。

「歴史書は天皇権威の根拠となる。それだけに中大兄様と天皇の力関係に影響しないはずがない。もし孝徳天皇が歴史書を手にすれば、天皇の権威は高まり、中大兄様が失脚することもある。その時は私も一蓮托生。かといって献上を拒めば謀反。私に道はないのか」

うな垂れた石川麻呂の手の甲を、秋の冷たい風が撫でてゆく。ふと視線を上げると、錫杖《しゃくじょう》を片手に白装束の僧が一本道をゆるりと石川麻呂に向かって歩んできた。距離は縮まるが、僧は石川麻呂に欠片ほどの関心も示さない。

すれ違う瞬間、石川麻呂が、待たれよ、と呼び止めた。

「貴僧の名は?」

「道照」

「どこかで会ったことはあろうか」

「いえ」

「そうか、私の記憶違いか」

石川麻呂が視線を外そうとした時、僧は網代笠の縁をつまみ上げ顔を覗かせた。

「私の父とはお会いしておりましょう」

「さてどなたであったか」

「船史《ふねのふびと》恵尺《えさか》です」

「燃え上がる蘇我邸から天皇記を持ち出した、あの恵尺か!」

「父はあれから河内で大過なく生涯を過ごしました」

「そうであったか……いや、まてよ」

石川麻呂は改めて道照の顔を覗き込んだ。

「貴僧は六十を超えておろう。しかし、恵尺は確か四十ほど。その子息ならせいぜい二十歳。しかも恵尺と会うたのは一年前。貴僧がその息子というは、ありえん！」

「確かにその時私は十六歳。さらに八年後、仏教を学ぶため唐に渡りました」

「あの時から八年後？」

「唐で玄奘様に師事し学ぶうち、時は瞬く間に過ぎ、帰朝した時は三十二」

「面白い。未来を過去のごときに言う貴僧、実に面白い。しかし、気は確かか？」

蔑《さげす》みを込めた石川麻呂の言葉に道照が答えた。

「おかしな老僧と思われましょう。なに、仏法究めれば、時からも自由になる。それだけのこと」

それでは、と笑みを浮かべ再び歩み出した。

しかし、その背に石川麻呂が問いかけた。

「ま、待て。時からも自由になるとはどういうことだ！」

今の石川麻呂にとっては何でもよかった。何かに縋《すが》りたい。そんな思いからの問いかけだった。

「ならば、石川麻呂様は時の流れをどう考えましょう」

「時の流れ？　それは過去、現在、未来が川のごとく連続して流れる。そこに疑問の余地はない」

ゆっくりと首を横に振り、それは思い込み、と道照が答えた。

「何を言っておる！」

そう返した石川麻呂に道照が再び問いかけた。

「ならば川に流れる水をすくい取るがごとく、流れる時から今この時をすくい取れましょう？」

問いの意図と意味を一通り考えてはみたものの、当たり前の答えしか見当たらない。

「時をすくい取ろうにも、今この時はすぐ過去となり、新たな今この時が現れる。ならば、今この時を証《あか》すことなど永久にできまい！」

「今この時はあると信じ、証明はできないということですな」

「一体何が言いたい？」

「時の実相は一瞬、時の流れは記憶」

「何を言うておる？」

道照は穏やかに続けた。

「今この時は、瞬間ごとに生まれて消える。それが時の実相。証明などできませぬ。しかし、人は過ぎ去った今この時を記憶の断片として一枚の絵のごとく己の内に刻む。しかも無自覚に」

「記憶の断片？」

「人は刻んだ記憶の断片の一枚一枚を繋げ、時の流れを己の内で再現し、それを連続する時と思い込む。されど、断片の一枚一枚を繋いで見るのだから、時の流れは断続が道理」

「断続だと？　時の流れは絶えることなく確かに連続しておる！」

「人は、知覚限界を超えた短い間隔で不連続な断片を見て、時が絶え間なく流れていると思い込む」

「つまり？」

「時の実相と人が実感する時の流れは別物」

石川麻呂は、合点のいかない表情を浮かべて、まあよい。だが、と言ってから反論を試みた。

「百歩譲ってそれを受け入れたとしよう。しかし、今この時はどこから生まれ、どこにある？　貴僧の理屈はその点を明らかにしておらん」

そのご指摘、さすがは石川麻呂様、と不遜な笑みを浮かべ道照は答えた。

「今この時は、記憶の海から生まれる」

「記憶の、海？」

「その海で過去と未来の記憶が邂逅した瞬間、今この時が生まれる」

「ま、待て！　過去の記憶なら分かる。過ぎた事実に対し成り立つのだから。しかし未来はどうか？　事実に達する前の未来に記憶は成り立たつまい！」

畳みかける石川麻呂に道照は悠然と語った。

「人いる限り未来はある。未来ある限り可能性はある。ゆえに未来の記憶は、可能性の姿をして、すでにある」

「可能性が記憶だと？　そんなもの屁理屈にもならん！」

「さよう、理屈ではない。未来の記憶の在り方が過去の記憶と異なる。それが真実」

「ますます分からん！」

「未来の記憶は、今この時から分岐するすべての可能性。それは未確定ではあっても無存在ではない。未来の記憶は、すべての可能性の間で絶え間なく変転する。ゆえに未来の記憶は震えて見える」

「ならば過去の記憶は？」

「存在として確定した記憶は震えない」

だとしても、と石川麻呂がこめかみを揉みながら、まてよ、と切り出した。

「未来の記憶とやらを受け入れたとしても、記憶の海で生まれた今この時はどうなる？」

「一瞬で人の世に届く」

「それを人は記憶の断片として己に刻むのか？」

道照は静かに頷いた。

「それで今この時は、どうなる？」

「直後に過去の記憶となり、記憶の海に回帰して漂う」

「未来の記憶は？」

「消滅し、同時に新たな可能性が生まれる」

「そして、未来の記憶が震えながら海に漂うのか……」

「人は、父と母から命を授かった瞬間、すべての可能性が記憶の海に現れる。そのひとつが機縁となり時の循環が始まり、それは死の間際まで繰り返される」

押し黙った石川麻呂を見た道照が、それでは、と歩みだした。この時「ま、待て」と、石川麻呂が再び呼び止めた。

「まだ何か？」

「貴僧の理屈を受け入れるならば、記憶の海には宇宙原初の記憶もあれば、遥かなる未来の記憶もあるはず。ならば……」

石川麻呂は道照を利用することを考えた。

「私の行く末くらい、分かりそうなもの」

「なるほど、天皇に求められた書をどうすべきかというお尋ねですか」

道照は心の内を見透かすように言った。

「だとしたら、どうなのだ……」と石川麻呂は固唾をのんで見つめた。

「その書に関わったこと自体、拒むことも避けることもできない天命だったのです」

「とすれば？」

「書を復元し後世に残すこと」

石川麻呂は鼻を鳴らした。

「実際を知らぬ者が簡単に言うな。焼け焦げて判読もままならぬものをどう復元できる！」

「稗田を訪ねよ」

「ひえた？」

「稗田は天皇記を諳んじる唯一の人物。その記憶があれば復元は可能」

「だからと言って、その者がどこの誰なのか分からん」

「稗田は淡海を見渡す南の台地に暮らす民草」

石川麻呂は、子の方角を見上げた。

「ならばあの山の向こうに稗田がおるのか？　その記憶を頼りに書は復元できるのか？」

確かめるように言った石川麻呂が振り向くと、道照は消えていた。

「今しがたまで目の前にいた道照が、消えた！　私は夢でも見ていたのか？　いや、確かに聞いた。稗田を訪ねよと」

石川麻呂邸

「何かあったのですか。お疲れのようですが」

主《あるじ》の遅い帰宅に気を揉んでいた侍従が出迎えた。

「お前は休むがよい」

そう言った石川麻呂は、侍従が持つ短燈台を奪うように手に取り、書斎に入った。柔らかな橙《だいだい》色に照らされた桐箱には、焼け焦げた天皇記が収められていた。

「道照は言った。歴史書の復元が私の使命だと。ならば……」


石川麻呂は夜明け前、飛鳥から淡海を目指した。

飛鳥と平城山《ならやま》を結ぶ八十里あまりの道に高低差はほとんどない。馬は道を心地よさげに疾走する。しかし、平城山から先の道は細く険しい。川沿いを上っては下り山科に辿り着き、そこから東へ方角を変え、逢坂峠《おうさかとうげ》を越え淡海に出た。そこから石川麻呂は南下して稗田が住む台地を目指した。


「あのあたりだろうか」

目星をつけた台地に繋がる道を上ってみたが、じきに幅は狭くなった。

「ここから先は馬では上れん。さてどうしたものか」

あたりを見渡すと枝ぶりのいい樫の木が目に入った。その枝に手綱を巻き付け、馬を置き、細くうねった坂道を歩み出した。

目指す台地が近づく。その手前に畑を耕す男を見た石川麻呂が、遠目から呼びかけた。

「鍬《くわ》を手にするそこの者！」

男が振り返ると、風景にそぐわない貴人然たる人物が目に入った。

身動きの取りやすい闕腋袍《けってきのほう》を纏《まと》っていても、それが深い紫色ならば朝廷にあっても限られる。

当惑した男は、私のことでしょうか、と目を瞬《しばたた》かせながら答えた。

「他に誰もおらんであろう」

「このような僻地であなた様のような高貴なお方を見かけるなど……」

「確かになかろうな……私は蘇我石川麻呂」

「そがのいしかわまろ様？　まさか右大臣の？」

ありえない現実に茫然とした男が我に返るや、手にあった鍬を放り出し、「そうとは存じあげずまことに失礼いたしました」と言ってからその場で平伏した。

面《おもて》を上げよ、と言った石川麻呂は男に近づき顔を覗き込み尋ねた。

「お前の名は？」

「稗田と申します」

なんと、道照の言ったことは本当だった。

「そ、そうか。ならばお前に尋ねたいことがある」

「石川麻呂様が私ごときに？」

稗田は後ずさりした。

「厩戸皇子より天皇記を習い覚えた者がいる。名は稗田。お前がその稗田だな？」

「いえ」と、小さく答えた稗田の顔に憂いが浮かんだ。

「厩戸様より歴史書を習い覚えた稗田は、私の父でございます」

「そうか！　ならば聞きたいことがある。父上に取り次いでくれ！」

「父は、昨年亡くなりました」

「何！　稗田が亡くなった……それでは書の復元が叶わぬ」

石川麻呂の両の肩が落ち、その様子を見た稗田が確かめるように言った。

「天皇記の記憶ならば私が引き継いでおりますが」

「そう、それだ！　天皇記の記憶だ！」

「ならば私の頭にすべてでございます」

「そうか！　天皇記を復元する力となってくれ」

「ならば、今が備えの時なのでしょう」

「備えの時？」

「父が生前申しておりました。天皇記が焼け出された時に備え、己が求められたと。それはもう誇らしげに……」

石川麻呂邸
「これが天皇記。かつて父が関わった書……」

薄暗い書庫の奥の文机に置かれた天皇記を感慨深げに見つめていた稗田に、石川麻呂が「始めよ」と命じた。

「大和言葉からでよろしいでしょうか？」

「大和言葉から？　それはどういうことか？」

石川麻呂は怪訝な表情をみせた。

「私は父から、大和言葉と漢語の二通りの読み方を教わりました」

「なんと、大和言葉の読みがあるというか！」

うーむ、と石川麻呂が唸ってから感慨深げに続けた。

「元々大和に文字はない。ゆえに書は漢語。その読み方も漢語のみと思っていたが……ならば大和言葉から聞かせてもらおう」

はい、と稗田は目を閉じて、記憶を引き出し諳んじた。

「いにしへにあめつちいまだわかれず　めをわかれざりしとき　まろかれたることとりのこのごとくして　ほのかにしてきざしをふふめり」

「なるほど」

石川麻呂は天皇記冒頭を目で追いかけた。

古天地未レ剖、陰陽不レ分、渾沌如二鶏子一、溟涬而含レ牙
「それぞれの漢語に適した大和言葉を充て、語順の入れ替えを指示する印《しるし》を添えるとは。これなら大和言葉としての調べを損ねることもない。稗田よ、これを漢語で読むと?」

「クォテンチィウェイパオ　インヤンプフェン　コェントェンロージーツー　ミンシンアルハウヤー」

「漢語ならば語順の入れ替えは不要。耳にしたままを文字に置き換えればよい」

なるほど、と明るい石川麻呂だったが、突如眉間に皺が寄った。

「どうなさいました？」

「ここから先、判読できぬ文字が多い。例えばこのように。

精○○○○、○○○○難。○○○○○○後○。○○、○○生○○○○。

これでは意味も読み方も分からん。復元できるのか？」

「いえ、問題ございません」

「本当か？」

「一文字でも残っていれば、それを手掛かりにすべての記憶の断片と照合し、該当するものを特定できます」

やってみましょう、と言ってから内に刻んだ幾万もの記憶の断片と照合した。答えを得たのは一瞬だった。

「まずは大和言葉から諳んじます。くはしくたへなるが　あへるはむらがりやすく　おもくにごれるがこれかたまりがたし　かれあめまづなりて　ちのちにさだまる　しかうしてのちに　かみそのなかにあれます」

「漢語では？」

「チンヤヲチーグァトアイー　チョンチョアジーニンチエナ　コォテンティエンチョアル
チーホティー　ダンホウ　シンシャシャンチーチュンエン」

「ふむ。両方を併せれば、自ずと適した漢語が浮かび上がる」

石川麻呂は筆を取り、真新しい巻物に書き込んだ。

精妙之合搏易、重濁之凝竭難。故天先成而地後定。然後、神聖生二其中一焉

「これはお前の記憶と一致するか？」

「はい」

「ふーむ、判読不能の文字があっても復元できるのか」と稗田の記憶力に驚嘆を覚えた石川麻呂だったが、次には戸惑いを見せた。

「いや、まてよ。これは……」

人が未知なるものに接した時、思考は停止する。この時の石川麻呂がそうだった。

「いかがされました？」

「神生まれる前の世界を語っている！　まず天成り、のちに地定まる。しかるのち、神が生まれた、と」

その日から二人の共同作業が始まり、ふた月ほどが経った日。

「これで天皇記の復元が終わった。稗田よ、ご苦労であった」

「いえ、私のほうこそ感謝申し上げます。稗田家の使命が果たせたのですから。きっと父も喜んでおります」

稗田は清々しく答え、飛鳥から大津に帰っていった。


石川麻呂は復元したすべての書を桐箱に収めながら数奇な運命に思いを馳せた。

「入鹿は最高権力者に昇り詰め、ついには皇室さえも蔑ろにした。同族分家であるがゆえ、私もいつ滅ぼされるか分からない時、中大兄様と出会い運命は回りだした」

石川麻呂は考えた。

「これで天命は果たした。しかしこのあと、天皇記をどうすべきか……」

六四九年（大化五年）三月二十四日
石川麻呂に突然の悲劇が降りかかった。それは異母弟・日向《ひむかの》身刺《むさし》の密告から始まった。

内裏後殿

「陽も沈んで一刻は経つというのに、この時間に呼び出すとは、どういうつもりか！　天皇は」と怒りの勢いのまま、父が内裏後殿の扉を両手で開けた時、意外な人物が天皇の下座で平伏していた。

「お前は確か……日向身刺ではないか。なぜ、ここに？」

父が訝しげな顔で尋ねると、御簾《みす》の中から孝徳天皇が語った。

「皇太子にとって重大な話があるというので聞いてみたところ、確かに憂慮すべき問題でした。これはすぐに伝えねばと思い、こんな夜分になったというわけです」

父が鼻を鳴らして無遠慮な足音を立て身刺の真横に立ち「それで重大な話とは！」と急き立てた。

身刺は上体を起こして父を見上げ、沈痛な面持ちで語りだした。

「中大兄様は時々、淡海の浜で遊興されましょう」

「何かと思えば遊びの話か？　確かに私にとって息抜きの時だが、それがどうした」と不機嫌を露わに言った。

「隙だらけでお過ごしではございませんか」

身刺は迷いなき視線を父に向けた。

「お前ごときに言われる筋合いはない！」

父は睨《ね》めつけ言い放った。それでも身刺は怯まない。

「私は聞いたのです。遊興の時を狙い、中大兄様を屠《ほふ》る右大臣の計画を！」

「何だと！」と息がかかるほどに顔を寄せて、戯け話としてもほどがあろう！　と怒声を放った。それでも身刺は動じない。そこには虚偽を真実に塗り替える覚悟があった。

父の心が揺れた。

（天皇坐わす場で密告するからにはよほどの確証があるのか。いや、石川麻呂に限りありえない）

「中大兄様、どうかご用心を！」と身刺が重ねた。

（ただ、私を暗殺するなら、石川麻呂以上に容易く実行できる者はいない……）

父の心の変化を天皇は見逃さなかった。

「最も信頼する腹心があなたの殺害計画を進めていたとは、実に痛ましい」

溢れんばかりの同情を見せた直後、冷酷な表情に切り替わり傍の臣下に命じた。

「たとえ右大臣でも、皇太子の暗殺計画を見過ごすわけにはいきません。すぐに捕えなさい」

父は、待たれよ、と言おうとしたが、迷いがそれを押し留めた。

皇太子暗殺計画という身に覚えのない罪で窮地に追い込まれた石川麻呂は、捕らわれる直前、父に宛てた手紙を侍従に預けた。そのあと、石川麻呂は無念を残し家族とともに自害し、その顛末が天皇に報告された。

「そうですか、石川麻呂が自害しましたか。いずれにせよ皇太子の殺害計画が未遂に終わったことは何よりです」

天皇が酷薄に笑う。

「そのような謀《はかりごと》、二度とあってはなりません。見せしめに首を切って晒《さら》しなさい」

「仮にも右大臣であった方にそこまでは……」

「私の命に、従えぬ、というか？」

「いえ」と言いながら遠ざかる臣下に天皇は朗らかな声で命じた。

「そうそう、言い忘れていました。暗殺計画の証拠が残っているかもしれません。屋敷の書物をすべて没収しなさい。私が検分します」

「天皇自ら？」

「分かりましたね」

その頃、石川麻呂の手紙を手にした父は、すでに歴史書を運び出していた。

4. 陰陽

大陸系渡来人を祖とする大友家は、淡海南岸を治める地方豪族だった。先代高聡は、百済僧・観勒《かんろく》から天文学と陰陽を授かった。以来、大友家と百済との絆は深い。そして今の当主村主《すぐり》は私の養父だった。

父は石川麻呂が残した手紙を懐に忍ばせ、一人村主邸に向かった。

「これは、これは。中大兄様。ずいぶんと急なお越しで」

父はわずかな時も惜しむように馬から降り、忙《せわ》し気《げ》に言った。

「村主殿の意見を得たい。今から時間をもらえぬか」

「もちろんでございます」と返事をしてから振り返り、控えていた家人にもてなしの用意を命じた。

父の席には、漆黒の渋い光沢を放つ矩形の皿に塩切り鮒が盛られていた。これといった用意もございませんが、と村主が申し訳なさそうに言い添えて、朱色の椀に諸白《もろはく》を注ぎ入れた。諸白とは、米糠《こめぬか》を取り除いた濁りの少ない酒である。

「もてなしというならこれで十分よ」

父は鮒を一切れ口に運び強烈な香りを堪能し、諸白を流し込んだ。

村主殿も知っておろう、と陰鬱な表情で「石川麻呂は自害した。家族とともに……」と切り出した。


父は政敵とみれば、手段を選ばず滅ぼしてきた。

——例えば、蘇我入鹿。

当時の蘇我本家は、皇室を凌ぐ権力を手にしていた。その若き主、入鹿の野望は蘇我系天皇の擁立だった。

舒明天皇と蘇我馬子の娘・法提郎媛《ほほてのいらつめ》の間に生まれた古人大兄皇子が、野望の切り札だった。この皇子が即位すれば、蘇我本家は権力と権威を独占できる。それだけではない。皇統が、継体天皇から受け継がれてきた押坂王家の血脈が、蘇我家に移行する恐れがあった。

それゆえ父は、皇統を護るため入鹿を討った。

後ろ盾を失った古人大兄皇子は、出家のためとして飛鳥を離れ吉野に入り隠遁生活を送った。しかし、父に謀反の罪を被せられ、皇子・皇女たちとともに葬られた。

政敵は根絶する。それが父だった。それほどに冷徹な父が、深い悔恨の中にあった。


父の指先は震え、それが伝わり椀のなかで細かい波紋となっていた。

「捕えられた石川麻呂は、弁明の機会も与えられず自害に追い込まれた。それを止めなかった私は石川麻呂の謀殺に加担したも同じ……」

「心中、お察し申し上げます。されど、右大臣が中大兄様の暗殺を企てるという密告は……なにやら謀《はかりごと》の臭いがいたします」

「この手紙を見れば後悔の念はさらに……」と懐から二つ折りの小さな文を取り出した。

「これを見てくれんか」

「拝見いたします」

最初の一行は実に簡潔だった。

中大兄様へ
この手紙を受け取ったならば、すぐに私の屋敷に行かれますよう
書庫に宝があります

しばしの時が過ぎ、養父が言った。

「この後に自害なさったことを考えれば、中大兄様に残そうという切実なお気持ち、いかほどであったか、偲ばれます。その宝とは？」

「書」

「それはどのような……」

「ふたつの桐箱に収められた書だった。ひとつの箱は良き書、もうひとつの箱が重き宝。そして、良き書は、焼け焦げた天皇記」

「天皇記！　ならば厩戸皇子による歴史書ではないですか！」

「いかにも」

「それはまさに国の宝。されど焼け焦げた、というのは？」

「私が鎌足と石川麻呂を従え入鹿を討った時まで話は遡る」

「乙巳の年に断行なさった変……」

「その翌日、入鹿の父蝦夷《えみし》は行く末に絶望し屋敷に火を放った。その時、焼け焦げた書を抱えた男が駆け込んできた。男は船史恵尺と名乗り、私に書を献上すると申し出た」

「それが良き書でございますか」

「私は石川麻呂に真贋を検《あらた》めよ、と命じ、時が過ぎた」

「右大臣はその後、それを真と確信した。ゆえに中大兄様に残そうと……」

父は頷いた。

「そして、重き宝が……蓋を開けると墨の香りが立ち昇るほどに真新しい、完全なる天皇記があった」

養父が腑に落ちない様子で「真新しい？　完全な？」と口にした。

「元の天皇記が焼け焦げていたならば、読み取れぬ文字もあったはず。だとすれば完全なる復元は不可能。したがってそれは……」

「偽と疑うところだが、石川麻呂が命を賭して残したもの、簡単に結論は出せぬ」

「なるほど、仮にそれが真だとしても、どのようにして作ったものか、そこを明らかにせねばなりませぬ。さて……」

しばらく考え込んだ養父だったが、「見当もつきませぬ」と答えるだけだった。

「そうか……実はこの後に続く四行詩が難物での」

日嗣の子
絵にも描けぬ古の
誰がその絵を描きたる
くにわかつちのかほたすね

「これをどう解す？」

「文面通りならば、日嗣の子は中大兄様への呼びかけ。二行目は、絵にすることさえできない遥か古《いにしえ》の時代があった。三行目は、それを一体誰が描けたというのか。意味するところは単純ですが……」

「それでは死を賭して残したものとして軽すぎよう。何かある。石川麻呂はきっと何かを伝えたかったのだ。しかし、それが、分からん！」

養父は再び四行詩を眺めて、小首を傾げながら語った。

「違和感がございます」

「というと？」

「四行目のみ仮名ゆえでしょう」

「なるほど。くにわかつちのかほたすね、か」

「右大臣は教養豊かな方。漢語を知らないはずがありませぬ」

「ということは……」

「意図があっての仮名、と考えることが自然」

「だが仮名にすれば解釈は広がりどうにも手に負えん」

養父はしばらく手紙を眺めていた。

「この四行詩、暗号化されているのではないですか」

「というと？」

「私なら解読の手掛かりを忍ばせます。ただ、それが複雑すぎては伝わりにくい。分かってみれば案外単純なるものを」

「だとすれば？」

「右大臣は違和感を与えるため敢えて四行目のみを仮名にした、とすれば」

養父が改めて四行詩に視線を落とした。

「一旦すべてを仮名に置き換えてみてはいかがですか。違和感はなくなりましょう」

「だとしても、文意が失われよう」

「真意が現れる、かもしれませぬ」

「そうかのう」と疑いながらも、試してみるか、と筆を取り書き出した。

ひつぎのこ
えにもえがけぬいにしえの
たれがそのえをえがきたる
くにわかつちのかほたずね

「なるほど」

「解けたか！」

「最初の三行に、さしたる意味はございません」

「意味がない？　まさか！」

「三行それぞれのはじめの一文字が重要なのです」

「というと？」

「それらを繋げば真意が現れます」

「というと、ひ・え・た？」

「最初の三行は〝ひえた〟を導くためだったのです。そこで四行目の〝か〟をひえたに置き替えると」

くにわかつちの、ひえた、ほたすね

「そうか。ひえたを訪ねよ、か。しかし、〝くにわかつち〟は依然として意味不明。しかも私に〝ひえた〟の心当たりはない。結局、石川麻呂の真意に届かぬではないか！」

養父が、中大兄様、と宥めるように言った。

「三十年ほど前、飛鳥から私の領地に移住した者がおりました。その名を稗田《ひえた》。今は息子一家が淡海南端の台地、国分《こくぶ》に居を構えております。それを踏まえれば」

「国分の地の稗田を訪ねよ、か！」

「それが右大臣の真意でございましょう。稗田に当たれば良き書、重き宝の謎、解けるのではございませんか」

「なるほど。馬を飛ばし大津まで来た甲斐あったというもの」

上機嫌で諸白を呷《あお》った父に、養父が恐る恐る切り出した。

「天皇記には興味が尽きませぬ。冒頭だけでもお聞かせ願えませんでしょうか」

「ふむ、四行詩の礼になるのなら安いもの。よかろう、聞くがよい」

古に天地未だ剖れず　陰陽分れざりしとき　渾沌《まろか》れたること鶏子の如くして
溟涬《ほのか》にして牙《きざし》を含めり

「な、なんですと！」

立ち上がった養父の思考は停止し、視線はさまよった。

「どうした！　村主殿」

我に返った養父は膝から崩れ落ちた。

「陰陽と同じ……同じことを天皇記は語っている。ありえない！」

「同じ、とは？」

「陰陽では、宇宙の始まりをこう伝えます。

未だ天地あらざりし、未だ陽陰分かれざりしとき、渾沌として雞子の如く、溟涬《めいかう》として始めて牙し含めり」

「言い回しに違いはあるが意味は同じ。とても偶然とは思えぬ」

「大和にあって陰陽を知るは、大友家のみ。なぜ厩戸皇子は原初宇宙を知り得たか」

「皇子は、あらゆるものに通じていたというからの」

養父が懸念を語った。

「良き書・重き宝は天皇権威の源となりましょう。もし、孝徳天皇の手に渡れば中大兄様のお立場、危うくなります」

「天皇記は決して渡さない。渡さないが」

のう、村主殿、と探るように問いかけた。

「天皇を凌駕する知識。そういうものがあれば何かと優位に立てよう？」

戸惑う養父が返した。

「知識、と申しますと？」

「陰陽よ」

「そ、それは……」

養父の眉尻がゆっくりと落ち、困惑の表情のまま平伏し、父の求めを押し返した。

「陰陽ではただひとりの弟子に秘儀を伝える先師相伝なる鉄則がございます。私の弟子はご子息の大友皇子一人。皇子にすべてを伝授いたします。が、中大兄様とはいえこの鉄則、破るわけにはまいりませぬ。どうかご容赦を……」

「分かっておる。その上で、だ」

そこから父は無言で己を通そうとし、養父は平伏の姿勢のまま押し返した。その形は崩れることなく続いたが、ついに養父が折れた。

「よろしいでしょう」と言いながら上体を起こし、

「ただし、他言無用。そして、心得ていただきたいことがございます」

と父を正視して続けた。

「陰陽知ったとて半端な知識で使うならば、自ら滅び、国をも破綻に導く。そのことを弁《わきま》えていただきたい」

初めて見た養父の迫力に押された父はゆっくりと頷いた。

ならば、と養父が語った。

「陰陽は、宇宙万物の生成と変転の原理を求める学問。ゆえに森羅万象を見通せる」

「なるほど、実に面白そうだ。それで、生成変転の原理とは？」

「宇宙生まれる前は、時間もなければ空間もない。あったのは無極の混沌のみ。それを太《たい》極《きょく》という。しかしその内に微かな命の萌しがあった」

「それが、溟涬《ほのか》にして牙《きざし》を含めり、か」

養父は頷いた。

「ある瞬間、太極が陰（⚋）と陽（⚊）に分かれ双極となり、この時秘められた無限の力が解き放された。それが宇宙開闢の瞬間。そこから時が始まり、空間が生まれた」

さらに、と養父が続けた。

「陰と陽それぞれから新たな陰と陽が生じた。陰からは少陽（⚎）と老陰（⚏）が、陽からは老陽（⚌）と少陰（⚍）が。これらを四象《ししょう》という」

「四象はそのあと？」

「それぞれがさらに陰と陽に分かれ、八卦《はっか》と成る」

「倍々と増え続け、陰と陽はどうなる？」

「陰は重く濁れる気。ゆえに下降し地を成す。陽は軽く澄んだ気。ゆえに上昇し天を成す。陰集いて水となり、水集いて月となる。陽集いて火となり、火集いて太陽となる」

「そこから天と地、太陽と月、火と水が揃い、万物の生成、変転が始まったというか」

養父が首肯してから言った。

「無数の陰と陽が融合と反発を繰り返し三つの元素、木、土、金が生まれ、天にあっては五つの惑星、水星、金星、火星、木星、土星が生まれた。以来絶えることなく変化を遂げて……」

「今の宇宙になったのか」

「太極から今この時まで、宇宙の歴史を伝える陰陽ゆえ、未来が見通せる」

「なるほど。だが、それで森羅万象は見通せるか？」

養父は頭を振った。

「そのためにもうひとつの原理がある。それが、行《ぎょう》」

「行？　それは？」

「元素の間で働く力を言う。その力には正もあれば負もある」

「というと？」

「互いを補いあう力を相生の行という。例えば、水が木を生む相生を水生木《すいせいもく》という」

「ならば負の力とは？」

「力を削ぎ合う相剋の行。しかも、ふたつの元素争うとき勝者と敗者は定まっている。火《か》剋金《こくきん》ならば、勝者は火、敗者は金」

「うーむ、どうにも分からん」

「恐れながら皇位継承でたとえるならば、火徳の天子と金徳の天子が争えば……」

「勝者は火徳、敗者は金徳か？」

「さようでございます」

さて、と言ってから父は、椀《わん》を一振りし、養父に差し出した。

「一人酒というものは味気ないもの。付き合ってくれてもよかろう、村主殿」

「それは有難きかな。頂戴いたします」

緊張の解けた表情に戻った養父は、口元を袖で隠しながら諸白を飲み出した。そこで、と父が再び問いかけた。

「陰陽師が占術する時、独特の仕組みを使うと聞くが」

養父の手が止まった。

「中大兄様はご存じでしたか……」

「どのようなものかのう」

白々しいほどの呟きだった。

ここまで陰陽の秘を語った以上、仕組みを隠すことに意味はない。養父は上体をひねり、奥の棚に視線を投げた。その先にある布で覆われた何かを見た父が、あれか、と言った。

養父が慎重に、拝むように両手でそれを持ち上げ、父の目の前まで運んできた。

「観勒様より授かった式盤でございます」と言いながら布を取り去った。

「面白い形をしておるわ」

父はまるではじめて玩具を与えられた幼子のように目を輝かせた。

「式盤は、地に模した正方形の地盤と、天に模した半球の天盤から成ります」

「ひと回りほど小さい天盤が地盤の上にのっておるが、これはどう使う?」

「天盤は地盤の上で回転いたします」

「どれ」と言うや父はそれに触れ、無造作に右へ左へ回してみた。

「これはおもしろい」

「中大兄様、どうか慎重に。大和唯一のものゆえ」

「分かっておる」と不機嫌そうに返した父だったが、何かに気づいた。

「はて天盤中央に図象がある。これは……七星ではないか？」

「いかにも」

「なにゆえ七星が天盤に刻まれる？」

それは、と養父がいっそう真剣な表情で語った。

「かつて太極あった処に今、北辰があるのです」

「なるほど。宇宙の起源、太極の名残が北辰か」

「その北辰を周回しながら力を与え続ける唯一の星が七星なのです」

「ということは、七星なければ宇宙の中心北辰は成り立たずか？」

養父が小さく頷いた。

「ゆえに陰陽では七星の力を頼るのです。七星を刻むは、天盤にその力を導くため」

「なるほど」

「中大兄様。人が、未来の今この時を知りたいと願った瞬間を占機といいます。その時から天も地も、未来の今この時に向かって動き出すのです。大切なことは、占機を逃さぬこと」

大津国分

稗田はいつもと変わらぬ営みを重ねていた。

「父の代から国分に移り住みはや三十年。この地は稲も野菜もよく育つ」

「私たちを受け入れて下さった大友様には感謝するばかり」

「今日も一日が始まる。厩戸様のお心を伝える本堂のお浄めは私がやろう。お前は子の世話を」

妻が満ち足りた笑顔でいう。

「一日一日を無事過ごす。それがいちばんです」

淡海を囲む山々は、天からの雨の恵みを受ける。水は地に浸み入り、長き時を経て地表から滲み出て、小さな流れを作る。無数の流れが集まり清流となり、尾根で谷で合流と分流を繰り返し、やがて命育む川となる。そんな幾千もの川を淡海は受け入れる。

御霊殿山に源流をもつ、相模川《さがみのかわ》もそのひとつ。稗田が住む台地の上流に八大龍王社がある。それはなぜか、太古より御霊殿山の頂にあった。

六五三年（白雉四年）

歴史書を手にできなかった孝徳天皇の次の一手は遷都だった。都を飛鳥から難波《なにわ》に遷《うつ》し父の力を削ぎ、いっきに権力構造を変えるためだった。

遷都に応じた父は、そのあと天皇一人を難波宮《なにわのみや》に置き去りにする策謀に動き出した。

父は、皇極上皇と大海人皇子を密かに呼び出した。

難波宮　皇太子の部屋

「我々がこのまま難波に留まることは飛鳥を捨てること。それでよいのか、母上！」

父が激しく詰め寄った。

「飛鳥を捨てる心はありません」

「それを聞いて安堵いたしました。ならば私の策に合意されよう」と言った。

「なんのことですか」

「我々全員が飛鳥に還り、天皇一人を難波に置き去りにする策」

「そんなことを！　正気ですか！」

「母上の本音に沿った策です。何も不都合はないでしょう」

「あなたは……」

父の視線は、押し黙った上皇から叔父に移った。

「本心から難波に留まりたいと思う者などおるまい。大海人よ」

「それは、確かに……」

「お前も協力するな」

「申すまでもありません」

父が上皇に向き直り、「手筈が整い次第お知らせしましょう。それまでお待ちくださ
い」と慇懃に言った。

飛鳥への思いが勝り、父の策に反対できなかった上皇は、自責の念を抱え部屋を出た。

そのあと采女が入れ替わり父の昼餉を運び入れた。

膳の上に置かれた瓶子《へいじ》には濁り酒、大皿には吉野から取り寄せた跳ねる姿の若鮎の素焼
があった。いつもと異なることは、そこに大海人皇子、私の叔父がいたことだった。

叔父は押坂王家直系の皇位継承者として父に次ぐ地位にある。そんな叔父は優しい人

だった。幼き頃、叔父が私を懐に抱き馬に乗せてくれた日があった。

「大友よ。怖くはないか」

「叔父上が一緒なのですから怖くはありませぬ。馬は面白うございます」

「そうか。お前は逞しい子だ」

傲慢非情なる父に対し、叔父は周囲への配慮を怠らず緻密に事を運ぶ人だった。そんな叔父は父の右腕として実務を担い、朝廷内の信頼は日々高まっていた。

叔父は考えた。こんな暴挙に走るなら相当の根拠があるはず。それを知らずして盲従するわけにはいかない、と。

胡坐《あぐら》する父は叔父を一瞥しただけで、いつものように脇息に凭《もた》れ、濁った酒を飲もうとした時だった。

大海人よ、ここに座るがよかろう、と食卓を隔てた椅子を視線で示した。

全ての雑味を取り込んだ濁り酒の癖は強い。父は酒を口にするや、破顔を見せた。

「うまい！　これが若鮎とよく合う。どうだ、お前も」

叔父は着座しながら「私は食事を終えたばかりでして」と笑顔で躱し「実はお聞きしたいことがございます」と続けた。

父は、ほぐした鮎の身を口元に運び、顎を突き出して先を促した。

「天皇を置き去りにし、我々が飛鳥に帰還するという策には驚きました。しかし、これは天皇権威を蹂躙する謀反、ではありませんか？」

叔父が挑発的に問うと、父の眉間に皺が寄った。しかし、すぐ元の表情に戻り、鮎を頬張り続けて答えた。

「確かに私以外なら、ありえない謀反よ」

「ならば兄上はお持ちなのでしょう。天皇権威を認めない何かを」

（大海人は勘づいたか）

「確かに私は孝徳天皇の権威が欠落していることを知っておる」

「それはいかなる意味ですか？」

「天皇権威の根拠そのものが、私の手の内にある」

「と申しますと？」

「知りたいか？　天皇権威の根拠を」

「それは……もちろん。もしあれば、ですが」

父がひとつ鼻を鳴らした。

「半信半疑というところか。ならば問う。大海人よ、神以前の世界とは？」

「神以前の世界？」

叔父は質問の意味も意図も捉えられないまま、茫洋たるまま返した。

「神以前に人はなく、ゆえに知る者もいなければ知る術もありませぬ」

「そうだ。どれだけ想像の翼を広げようが、神以前の世界など知りようがない。しかし……」

父は朗々と諳んじた。

「古に天地未だ剖れず、陰陽分れざりしとき、渾沌れたること鶏子の如くして、溟涬にして牙を含めり」

「それが神以前なのですか？　だとすれば何ゆえそれをご存じか？」

「神以前から説き起こす歴史書を持っておるからのう」

それくらい当然という顔で、神々の出現と皇室祖先神の神話を諳んじた。

「か、神以前から大和の神話までも語る歴史書があろうとは！」

「それが厩戸皇子の天皇記よ。ならば神以前の世界を語っても不思議はなかろう？」

「確かに……」

　叔父は気を取り直し父に質した。

「しかし、それが真という証はあるのですか？　まさか兄上が偽書に振りまわされることもないでしょうが」

「お前も言うようになったものだ」

　父は傲然として、証は陰陽、と答えた。

「天皇記の裏付けが陰陽というのですか？」

「陰陽は何百年も前から神以前の世界を伝えている。天皇記はそれと瓜二つ。ならば天皇記は真というほかあるまい？」

　叔父がしばらくしてから我に返った。

「大和にあって陰陽を授けられし者は大友高聡。だとすれば兄上は今の当主、村主殿から陰陽の秘を得たのですか？」

「それがどうした？」

　叔父から表情が抜け落ちた。

（村主は大友の養父。兄が村主と接触しても不思議はない。しかし、陰陽の秘までも得て

いるなら話は違う）

「大海人よ。顔色が悪いぞ」

「あまりのことゆえ……」

「天皇権威の根拠を手にする私が、天皇を置き去りにするなど何でもない」

「そういうことですか。ただ……」と言ってからその先を言い淀んでいた。

「何だ？」

「もし、孝徳天皇がそれを知れば……」

「強奪してでも得ようとする、かもな」

父は残った酒を一気に飲み干した。

「石川麻呂は兄上暗殺の嫌疑で悲惨な最期を遂げました。腑に落ちないところがありましたが……もしや天皇記が関わっていたのでは？」

宙をしばらく見つめ、さあな、と無感情に言った父の瞳の奥に憎悪の炎が立ち昇る。

「神以前を知らない天皇に権威など、あろうか」

唸るような声で言うと、叔父は、仰せの通りと返した。

「それにしても権威なき天皇とは哀れなものよ。この先誰が即位しようともな」

「私は心から兄上の即位を願っております」

そうか、と言った父は相好を崩し叔父と酒を酌み交わした。そこから緊張の糸がほぐれ、二人は兄弟ゆえの思い出話に花を咲かせた。次第に叔父の気持ちが緩んで本音が漏れた。

「ときに天皇記は今、お手元に？」

「それを知って、どうする？」

空気が変わった。

「他意は、ございません」

父は表情を戻して、試してみるかと考えた。

「天皇記は……御霊殿山は八大龍王社に秘匿した。山ごと禁足の地としてな」

「御霊殿山……」

(兄上はなぜ、秘中の秘を明かしたのか……)

「大海人よ。濁り酒と清《すが》しい鮎を合わせれば、いかなる馳走も上回る。そう思わんか？」

「はい、確かに」

「それと同じこと。相手が誰であろうと、私とお前が組めば敵《かな》う者はおらん」

「私はこれからも兄上に従うだけです」

そうかそうか、と、父は満足げな顔を向け、ただし私とお前、どちらが濁りでどちらが清しいか分からんがのう、と豪快に笑った。

5．称制

六五三年（白雉四年）
その日は、蒸し暑い一日だった。
青碧の淡海の遥か先、若狭から夏雲が立ち上る。
その日、父は再び村主を訪ねた。

「中大兄様！」

養父が満面の笑みで父を迎え入れた。

「この前はこれといったおもてなしもできず、申し訳ございませんでした」

「それは気にせずともよい。今日は……」

「ゆるりとお過ごしされるのでしょう？」

「久々にな」

「では浜の台《うてな》にご案内いたします」

「ほう、台か。今日のような日は一番よ」

父は上機嫌で立ち上がり養父のあとに続いた。


浜の台とは特別な饗応を目的とする湖上に設えた大広間だった。湖畔沿いの本邸と渡《わたり》廊《ろう》で繋がる台の高さは、人の背丈の三倍ほど。そこに立てば、地上からでは目にできない景色が見渡せる。

渡廊の白壁には、朱に縁どられた連子窓が嵌め込まれていた。断面が菱形の連子子《れんじこ》の間隔は、広めの一寸。それは日差しを和らげるだけでなく、だまし絵のごとく、景色の見え方にも変化を与える。

白壁の向こうの見えない景色が、連子窓に近づくにつれ現れ、窓の中央に立てば縦線が等間隔に入る、透かし絵のような景色が完成する。さらに歩めば景色は次第に消えてゆく。

渡廊の途中に五段からなる階《きざはし》が、ひとつ、ふたつ、みっつある。ひとつを上りきるとその分視線は高くなり、遠くまでを見渡せる。

二人はゆったりと渡廊を歩きはじめた。

「それにしても、湖上の台とは、よくぞ造った」

「百名の宴を催す大広間でございます。その重量に耐える土台作りには腐心いたしました」

その時、ふたりは一つ目の階を上り切った。

「土台作りを誰に？」

「穴太の衆でございます」

「なるほど。自然石を積み上げ見事な石垣を作る石工集団よの。とはいえ、湖底となれば勝手は違う」

ふたつ目の階を上り切ると視線はさらに高くなった。

「以前、瀬田川の東西を結ぶ大橋の土台作りを命じました」

「瀬田川は淡海から流れ出る唯一の川。それだけに水量は多く流れも激しいが」

「彼らは川中で大小の石を組み、見事な土台を作り上げました」

「その経験を浜の台に活かしたか」

「ご明察」

「さすが、村主殿。抜かりない」と感心の息を漏らして、三つ目の階を上った時、白壁が途切れ視界が一気に広がった。

「ここから台全体が一望できます」

「ふむ、四本の大柱がよく見える」

「十五間四方の台を支える大柱の材は檜《ひのき》。それらを正方の形に置きました」

「ずいぶんと簡単に言うが、どのようにして大柱を水中に立てた？」

「まずは地上で四個の巨石に柱が通るほどの穴を穿《うが》いてから、湖底に沈めます。周りには大小の自然石を隙間なく積み上げました」

「石垣を築くがごとくか」

養父が頷いた。

「そして、大柱を巨石の穴にしかと打ち込み、周囲には樫《かし》の角材を組んで補強して、仕上げは一抱えほどある割石《わりいし》を大量に積み仕上げました」

「なるほど」

養父が渡廊と直行する一段高い回廊の手前で立ち止まった。大広間を囲む四面の襖に淡海の四季が描かれていた。

東は春　淡海の湖畔に沿い延々と続く道、咲き乱れる桜
南は夏　万緑の山々から流れ込む川と淡海の湖面にきらめく光
西は秋　朝靄立つ淡海の向こうに広がる紅葉とはるかなる冠雪
北は冬　鈍色《にびいろ》の雲から雪吹き降ろし荒れ狂う淡海

父が遠くを見ている時、足元をご覧ください、と養父が言った。

「おう、魚たちが悠々と泳いでおる。魚もまさか真上から人に覗かれようとは思うまい」

父はいかにも愉快そうに笑った。

「さあ、中大兄様」と養父が北の襖を開けると、大床子御膳《だいしょうじごぜん》のごとき席が用意されていた。

一の卓は糯米《もちごめ》に小豆を加えて蒸した強飯《こわいい》、二の卓は鯛と鯉の大皿、三の卓は焼き蛸《たこ》と蒸し蚫《あわび》の皿だった。

四の卓を見ると、半透明の瑠璃色の酒盞《さかずき》が異彩を放ち立っていた。それに惹き寄せられるように近づいた父が尋ねた。

「美しい！　この器は？」

「ぐらすという酒器でございます」

「見たことも聞いたこともない」

そう言うなり父はそれを手に取り、上から下から眺めはじめた。

「上に向かって広がる本体の径は二寸ほど。それを支える脚台は銀製か。うーむ……これをどこから得た？」

「波斯（ペルシア）でございます」

「波斯！　唐よりも遥かに遠い大帝国だ。道理で……」

「世界中から様々な品が波斯に集まり、百済を経て私の手元に届くものがあります。その中でこのぐらすは際立っておりました。これを見た時、いつか中大兄様のもてなしに使おうと決め、心待ちにした日が今日なのです」

父が口元を緩め、「そうか、そうか」と言う。

「前口上が長くなりました。さっそく今日の酒、お試しください」

侍従が一升ほどの酒甕《さけがめ》を村主の傍まで運んできた。

「はて、甕の表面に水滴が浮いておる」

「先ほどまで清流に沈め冷やしておりました」

「なるほど、蒸し暑い日は冷し酒、か」

「ささ、どうぞ」と村主が甕を傾けると、父はぐらすを差し出した。そこに向かい透明な粘度のある酒が捻じれながら落ちてゆく。

ぐらすに唇を当てると硬質の感触が伝わった。

「うまい！　ひと口で暑さが吹き飛ぶ。そのあとに豊かな味がいくつも重なり、喉元を通り過ぎるころには橘の香りが立つ」

「これが清み酒でございます」

「どうすればこのような酒が作れる？」

「麹米《こうじまい》と掛け米のいずれも削ります」

「諸白もそのはずだ」

「諸白以上に多くを削ること、そこが異なります」

「というと？」

「酒の旨味の元は米の芯にございます。ゆえに芯のみ残し、それ以外はすべて削り捨てます。重量にすれば元の半分ほどになりましょうか」

「随分と贅沢な米の使い方をする」

「こうして整えた米を真冬に仕込み、絞った原酒を氷室で半年ほど寝かせました」

「それでこのような味わいに」

ぐらすを四の卓に戻し、視線は五の卓へと移った。

「今日の主役は、これか？」

旬の山菜、青みずが青磁の大皿に盛られ、その上に紅白が絡み合う花が咲いていた。

「随分と趣向を凝らしたものよ」

「熊の肋肉《ばら》を牡丹の花に模《かたど》りました。まずは目でお楽しみいただければと」

父は興味深げに顔を寄せながら尋ねた。

「何ゆえに熊の肋肉か？」

「精をつけるならば熊が何より。赤身と脂身を同時に味わっていただくための肋肉」

「なるほど。それでどう、食《く》らう？」

「隅《すみ》を持ち上げれば、花の形が解《ほど》けます」

どれ、と箸で挟んで持ち上げると、肉がはらはらと崩れて紅白二色の短冊となった。

「大皿の手前に土鍋がございます」

覗いてみれば、湯がぐつぐつと沸き立っていた。

「短冊に戻った肉を土鍋にくぐらせお召し上がり下さい」

「それは面白い」

肉を湯に二、三回泳がせれば、赤身は桜色に、白身は半透明に変わり、溶け出した脂は虹色の膜を作った。

「うまい！　湯に通すだけで肉の味はこれほどに高まるものか！」

父は感嘆の声を上げ、養父の顔はほころんだ。

「それでは、百済舞をお楽しみ下さい」

村主が大広間をふたつに区切る中央の襖に向かい、始めよ！　と声を発した。

広間を震わすほどの大太鼓の音が鳴り響き、それをきっかけに襖が開いた。父が目にしたものは、平伏した十二人の楽人たち。彼らはひと呼吸置いてから、頭《かしら》を上げた。

ひとりの管楽人が龍笛《りゅうてき》に唇を当て、溜め込んだ息を一気に吹き入れた。切り裂くような高音が四方に広がり、それを合図に篳篥《ひちりき》が流麗な主旋律を奏で、さらに境界のない笙《しょう》の音が幽玄なる背景を築いた。

ついには九名の管楽人と三人の打楽人が一糸乱れず、旋律を重ねた。それは王の栄誉を称え、国の栄華を寿ぐ百済の宮廷音楽だった。

曲調が昇りつめた時、旋律が途絶えた。その直後、南の襖の向こうから、艶やかな竪箜《たてく》篌《ご》の音《ね》が流れ舞台の空気を変えた。その奏《かなで》は、荘厳な天上界の音楽のようだった。

天女が空を翔けるように中央に躍り出た。足元まで覆う純白の羽衣《はごろも》は流れ、領巾《ひれ》がたなびく。天女は微笑みながら踊り続け、父への視線を外さない。

天上界に戻る決意を固め天女が空へと飛び上がった瞬間、舞いの終わりを告げる銅鑼《どら》が打ち鳴らされた。

しばらく父は言葉を失っていた。

「いや、見事！　音楽といい、舞いといい、これほどの楽人と舞手をどう用意した？」

「百済から呼び寄せました」

「舞楽団ごとか？」

「中大兄様にお楽しみいただければ、その甲斐あったというもの」

養父が膝の上に置いた両拳に一層力を入れて、百済人の頼りは中大兄様でございます。どうか心におとどめ下さい、と一層伏して願った。

「分かっておる。百済人は我が同胞よ。ましてや私と村主殿は運命共同体であろう」

「なんとありがたきお言葉」と感激に浸る養父に「相談事がある」と父が切り出した。

これはただごとではない、と直観した養父が「皆の者下がってよい」と人払いをした。

「それで、ご相談とは？」

「天皇は実権を奪おうとあの手この手を絡ませてきたが、ついに遷都を仕掛けてきた」

「難波遷都は随分と急に思えました。そもそも遷都なら、本来、地の選定が何よりも重要。果たして、十分に吟味を重ねたものなのか……」

と養父が小首を傾げた。

「都がどこであれ、要は私を飛鳥から引き剥がしたいのだ。その思惑にこれ以上従う訳にはいかない。そこで考えた」

「と申しますと？」

「朝廷のすべての者を引き連れ飛鳥に還る。天皇一人を置き去りにしてな」

「それは何と大胆な！　しかし上皇と大海人様のご同意がなければ難しいでしょう」

「そこはもちろん、母と大海人の合意は取り付けた。しかし、そのあとだ。大海人が探りを入れてきた。これほどの手を打つからには相当の根拠があると考えたのだろう」

「さすが大海人様ですな。しかし、それは黙殺すればいいだけのこと」

「いや、天皇記を御霊殿山に秘匿していることを告げた」

「秘を明かされた？　それは如何なものか……大海人様は日嗣として中大兄様に次ぐ皇子。しかし、今、それを告げる時であったか」

養父が眉間に皺を寄せ疑問を投げた。

「大海人の心を試す好機ではないか」と、ぐらすを口元に当て父が語った。

「心を、試す？」

「いずれ私は即位する。そのあと、大海人が穏当な皇位継承を望むのか、それとも力づくでも今すぐに皇位を得ようとするのか。もしそうなら天皇記を奪いにくる」

「なるほど……それで大海人様は？」

「今のところ、御霊殿山に入った形跡はない」

「ならば禅譲をお考えということですか」

「そこで悩ましいのが皇太子の冊立だ」

「中大兄様が即位なされば、皇太子は大海人様」

「問題はその先……」

「大海人様が即位された時、誰を皇太子にするか？」

父が頷いた。

「私は大友を願うが、随分と先の話」

「情勢次第でどうなりますか……」

その頃五歳の私は、養父の元で帝王教育を受けていた。

「私の知る限り皇子はあらゆる学問、武術の習得は速く、幼きながら王としての風格も纏《まと》っております。日嗣の素養あり。間違えございません。しかし、今は成長を待つことかと」

「やはり、そうか……そこで相談だが」

「はい」

「天は大友の即位を認めるか、その意を知りたい。陰陽師ならば何か術《すべ》があるのではないか？」

「そういうお話ですか……それはまさしく占機。占うべき時を逃してはなりませぬ」

「ならば占断を頼みたい。今すぐに」

「承知いたしました」

こうして私の未来を決定づける式占が始まった。

六六〇年（斉明六年）

朝鮮半島は、高句麗、新羅、百済の三国が争いながらもかろうじて均衡を保っていた。しかし、強大な大陸国家、唐が誕生してから半島の均衡は破綻した。最初に滅亡した国が百済だった。

この頃大和は、難波に一人取り残された孝徳天皇が失望のなか崩御し、そのあと祖母が重祚して斉明天皇となった。

天皇の私的空間は内裏北側の後殿だった。

後殿は正面九間の入母屋造り。中心にある身舎《もや》は南北五間・東西二間の空間だった。そのなかの一間四方の聖なる御座は、萌葱色の帽額《もこう》映える御簾《みす》に囲われて、下座から内を窺い見ることはできない。

天皇がこれからの大和の道を決するため、父と叔父、鎌足を呼んでいた。叔父と鎌足は正装の朝服を纏っていたが、父は麻織りの素服姿だった。

父と叔父が身舎に上がり着座したが、鎌足はその手前の殿上の間で控え平伏の姿勢を取っていた。朝廷にあって最高位の鎌足でさえも、皇族でなければ登殿は殿上の間まで。

郵 便 は が き

料金受取人払郵便

新宿局承認

2524

差出有効期間
2025年3月
31日まで
(切手不要)

160-8791

141

東京都新宿区新宿1－10－1

(株)文芸社

愛読者カード係 行

お名前《ふりがな》		明治 大正 昭和 平成 年生 歳	
ご住所《ふりがな》	□□□-□□□□		性別 男・女
お電話番号	(書籍ご注文の際に必要です)	ご職業	
E-mail			
ご購読雑誌(複数可)		ご購読新聞 新聞	

最近読んでおもしろかった本や今後、とりあげてほしいテーマをお教えください。

ご自分の研究成果や経験、お考え等を出版してみたいというお気持ちはありますか。

ある ない 内容・テーマ( )

現在完成した作品をお持ちですか。

ある ない ジャンル・原稿量( )

書　名				
お買上 書　店	都道 府県	市区 郡	書店名	書店
			ご購入日	年　　月　　日

本書をどこでお知りになりましたか?
1.書店店頭　2.知人にすすめられて　3.インターネット(サイト名　　　　　　)
4.DMハガキ　5.広告、記事を見て(新聞、雑誌名　　　　　　)

上の質問に関連して、ご購入の決め手となったのは?
1.タイトル　2.著者　3.内容　4.カバーデザイン　5.帯
その他ご自由にお書きください。
(　　　　　　　　　　　　　　　　　　　　)

本書についてのご意見、ご感想をお聞かせください。
①内容について

②カバー、タイトル、帯について

弊社Webサイトからもご意見、ご感想をお寄せいただけます。

ご協力ありがとうございました。
※お寄せいただいたご意見、ご感想は新聞広告等で匿名にて使わせていただくことがあります。
※お客様の個人情報は、小社からの連絡のみに使用します。社外に提供することは一切ありません。

■書籍のご注文は、お近くの書店または、ブックサービス(📞0120-29-9625)、セブンネットショッピング(http://7net.omni7.jp/)にお申し込み下さい。

身舎に登ることは許されない。

御簾の内から天皇の声が響く。

「鎌足よ、半島の近況を聞かせよ」

「来朝した使節によれば、義慈王は唐軍に捕らえられ、百済は滅んだそうです」

叔父がそのあとを受けた。

「唐は当初、高句麗を標的としておりました。しかし高句麗の抵抗は激しく唐は敗走を重ねました」

さらに父が繋いだ。

「そこで唐は新羅と結び、標的を弱小国の百済に変えた。新羅にとっても背後の百済は厄介な隣国。唐と新羅の利害がそこで一致した」

再び鎌足が口を開いた。

「唐は十万の兵力を動員し海から攻め、新羅は陸から五万の兵を送り、百済はひと月も持たず滅んだと」

「そうですか……では大海人よ、あなたの意見から聞きましょう」

「今は新羅と事を構えず。静観すべしと考えます」

「危ない橋は渡らず、ですか……ならば皇太子はどう考えますか」

百済人は同胞ではないか、と叔父を睨んで、視線を御簾に向き直し父が言った。

「大和は様々な文物を百済から取り込み発展した。百済を見捨てるはその利を捨てること」

「ならば？」

「百済復興を目指すが当然」

叔父が眉尻を上げて反論した。

「それは無謀。大和は百済と同じ運命を辿りましょう！」

「百済が滅亡した今、大和は防波堤を失ったのだ。新羅の侵略が現実になる」

「防波堤なくとも今すぐ侵略が始まるとは限りませぬ！」

「それを油断というのだ！」

「新羅と争えば唐に参戦の口実を与えます！」

「何を悠長な。危機が目の前にあるというのに、それが分からぬか！」

「百済復興に動けば危機を招き入れるだけ。そうではなく新羅を刺激せず、躱すだけ躱し、宥《なだ》めるだけ宥める。そうすれば破滅に至ることはありませぬ！」

「同胞を見捨て、己のみ生き残ればよいのか！」

「そうです！　国が滅んではどうにもなりませぬ！」

「大海人！」

父が激昂し、叔父の胸ぐらを掴もうとしたその時、鎌足が殿上の間から父を呼びかけた。

「落ち着きなされ！　中大兄様」

鎌足が父の動きを声で止め、叔父を視線で制した。

「お二人とも押坂王家の血脈を継ぐ男子皇族。これからも大和を導かねばなりませぬ。そのお二人が争っては、外敵とは関係なく、大和は自ら滅びましょう」

父と叔父はしばらく睨み合いを続けたが、父が鼻を鳴らし着座し場が収まった。

「鎌足はどう考えますか？」

「私は中大兄様、大海人様どちらも正しいかと」

「どういう意味ですか？」

「百済の信義に応えながら新羅の侵略を許さない。それが私の求める解。されど今はこれといった策、思い至りませぬ」

「そうですか」と天皇がため息交じりに言うと、鎌足が父と叔父を窘めるように語った。

「いずれにせよ私は天皇に仕える臣下。中大兄様、大海人様もまた然り。ならば、天皇のご聖断に従うだけではございませんか」

「ふん、もちろんだ。大海人、お前は？」

「ご聖断に従います」

三人の視線が御簾に集中した。

「皇太子と大海人の間でも意見が割れる。それは分かりました」

このあと天皇が母の顔に戻り語り始めた。

「それにしても葛城よ」

突如幼名で呼ばれた父は、「は、はい」とたどたどしく返した。

「あなたは変わりました」

「私が、変わった？」

「百済人に寄り添おうとしているではないですか。恭《いつくしみ》の心が芽生えたのでしょう」

「それは何とも……しかし、もし私が変わったのなら大友。大友が私を変えたのかもしれませぬ」

「そうですか……我が子の笑顔で親の心も育つもの」

父と鎌足が法興寺の槻《つき》の樹の下で出会わなければ、乙巳の変はなかった。乙巳の変がなければ、皇極天皇は退位せず軽皇子が即位することもなかった。

私は皇子の一人であっても皇統の系譜から外れたまま、穏やかな日々を過ごしていただろう。乙巳の変は大和の歴史を変えた。私の運命を変えた。

叔父は、しびれを切らし天皇に迫った。

「感傷に浸っている時ではありませぬ。半島に出兵するか否か、ご聖断を！」

天皇はしばし考えを巡らし、やがて決意を口にした。

「私は、百済復興を望みます」

御簾の内から発せられた天皇の凛とした声が、後殿の隅々に響く。

叔父は立ち上がった。

「まさか！　なぜ百済のためにそれほどの危険を冒すのですか！」

「同胞を救うは当然です」

天皇の決意が聖なる空間に広がり、それぞれの心を揺さぶった。

「大海人よ。今は百済復興を支持してほしい。皇太子とともに」

天皇が殿上の間に控える鎌足に命じた。

「兵と軍船を用意しなさい。できる限り早く、できる限り多く」

「承知いたしました」と答えた鎌足は、最新の半島情勢を加えた。

「百済は国家として滅んだものの、多くの民は抵抗を続けているそうです」

「ならば民との連携を強めなさい。そして……私自身、遠征軍とともに筑紫に入ります」

満足げだった父、諦めた叔父、平静な鎌足、それぞれが一斉に、まさか、という表情に変わった。父が、

「いや、それは……飛鳥から筑紫への長旅となれば体力の消耗は激しい。六十半ばの天皇にとってあまりに過酷。再考されよ」

と諫めたが、いいえ、と天皇は頭を振った。

「戦を命じる私自身が最前線に就かなくてどうします！」

揺るぎない天皇の信念だった。

鎌足は考えた。

（唐、新羅と戦うならば兵の移動はもちろん、大量の武器と物資の補給も必須。大和の不

利は明らか。何とか戦わずして勝利する道はないものか）
鎌足に、ある考えが浮かんだ。
（今は戦の流れを止められぬ。されどその後なら、もしかして……）
実行されたのは、ここから何年も先のことだった。

六六一年（斉明七年）一月六日
難波から筑紫に向けて大船団が出発する日、天皇は全軍を前に宣した。
「大和は百済復興を目指します。皆の心をひとつにすれば必ず勝利します！」
天皇が檄《げき》を飛ばし、兵士たちは雄叫びで応えた。

遠征軍に額田女王《ぬかたのひめみこ》の姿があった。

各地の中級王族は、皇室との関係を深めるため、容姿に優る娘たちを宮廷に遣わした。

そんな氏女《うじめ》たちのなか、ほっそりとした瓜実顔《うりざね》の額田は、どこにいても人の目を引いた。

視線はまどろむようであり、口元には謎めいたほほ笑みを浮かべる。しかし、額田の真の魅力は歌の才だった。時々の心情を縁取り、景色と重ねる才は抜きん出ていた。

そんな額田に叔父は魅了された。

一月十四日
遠征軍の一行は、伊予の国・熟田津《にきたつ》に至り、そこでふた月滞在した。長く留まった理由は、戦に必要な武器と物資の調達にあった。しかしもうひとつ、隠された事情があった。

額田が現われた。
東の低い空の月は大きく見える。
ましてや満月。
冴ゆるあかりを背に、うす絹の唐衣がふわりとなびく。
妖艶な姿に不釣りあいな、兵を鼓舞する歌が生まれた。

熟田津に　船乗りせむと　月待てば　潮もかなひぬ　今は漕ぎ出でな

三月二十五日
筑紫は娜大津《なのおおつ》に到着した八百艘の船は、海を埋め尽くした。
その二か月後、娜大津にあった宮は東南の山間部に移された。それを朝倉橘広庭宮《あさくらたちばなのひろにわのみや》という。
築営のため、麻天良布《までらめ》神社の神域である朝倉山から大量の木々が切り払われた。それが災いをもたらしたのか、天皇に仕える者が次々と病死し、落雷と鬼火が続いた。人々は噂した。神の怒りに触れたのだと。そして、天皇が……。

七月二十四日
「中大兄様！　天皇が、天皇が！」

采女が父のもとに駆け込んできた。

「どうした、この夜中に」

「天皇のご容態が急変しました！」

「懸念していたことが……分かった。このことはまだ誰にも言わぬよう」と命じた父は足早に後殿に向かった。

そっと襖を開けると、両手を胸の上で合わせて横たわる天皇の姿があった。そばに控える医師《くすし》が父に気づくと、首を横に振った。

「天皇よ」

呼びかけに視線だけを父に向けて「葛城ですか」という声は弱々しい。

「この遠征、やはり私には無理でした」

「熟田津に入った時、すでにご容態は芳しくなかった。引き返す手もありましたが」

「それでは戦意が挫かれたでしょう」

「体力のご回復のため、せめて熟田津で湯治をと」

「一時は持ち直しました。でも、私の命は尽きる……葛城よ、大和の行く末を委ねます」

「そのお考え、強き天皇として相応しくありませぬ！」

小さな笑みを浮かべた天皇は、あなたらしい、と言った。

「私はまだ、勝手ばかりの私はまだ、何一つ報いておりませぬ。これからなのです。ご恩に報いるのは、これからなのです。ですから、どうか！」

どうか、と繰り返す父の言葉には、悔恨と懇願が入り混じっていた。

「葛城よ。天皇の本質は権力ではありません。権威にこそあるのです。すべての民から敬愛と尊敬を受けること。その時、真の権威を纏うことでしょう。恭《つつしみ》の心を育てなさい」

斉明天皇、崩御。

この時、朝倉山の上から大きな笠をつけた鬼が現れた。その鬼は、乙巳の変で父に斬殺された入鹿が怨霊となり現れた、と人々は噂した。

百済復興を目的とする戦は白紙に戻り、天皇の棺を乗せた船は難波に帰った。

この時の父の歌がある。

君が目の 恋しきからに 泊《は》てて居て かくや恋ひむも 君が目を欲り

叔父と額田の間に十市皇女がいた。十市は額田の美貌を受け継いでいたものの、人前に出ることを好まない皇女だった。

父の娘である大田と鸕野讃良《うののさらら》は、叔父の妃となり、それぞれが大津皇子と草壁皇子を儲けていた。この二人は押坂王家の血脈を受け継ぐ正統なる皇子だった。

六六二年（称制元年）冬　大津

私は養父の元で漢籍、仏教、暦を学んでいた。学ぶほどに内部宇宙が広がる。その実感を得るたび新たな欲求が湧き上がる。そんな私にとって、唐や新羅の脅威も朝廷内の不協和音も遠い国の出来事だった。

ある日の夜、養父が私を書斎に呼んだ。

書物が整然と並ぶなか、燈台の揺らめく灯《ともしび》が養父の横顔を照らしていた。

私は着座するよう命じられた。

「皇子もすでに十四歳。中大兄様のご期待に応え一層精進を重ねよ」

「はい」

「ときに皇子はなぜ、中大兄様が養育先として大友家を選んだのか、その理由を考えたことはあろうか」

一瞬思考が止まった。

物心ついた時から淡海の景色に溶け込んでいた私は、そこに理由があるなど考えたこともない。「いいえ、分かりませぬ」と答えるだけだった。

「皇子は知っておろう。先代が観勒様より陰陽授けられしことを」

「はい、存じております」

「以来、陰陽を語る者は、大和にあって大友家のみ。そこで中大兄様は私に命じた。皇子に陰陽を授けよと」

「私に陰陽を？　それは、なにゆえに……」

「大陸の天子は当代一の陰陽師を傍らに置く。それは、森羅万象を知る陰陽師が天子にとって最も力となるゆえ」

「ならば、私が時の天皇を補佐する陰陽師になることを願い……」

養父はすぐさま頭を振った。

「皇子自身が陰陽究めた天皇となることを願ってのこと」

「それは……大津や草壁を差し置き、私が即位するなどありえませぬ！」

当時の私でも、それがどれほど無謀なことかは知っていた。

無理もない、と言い、突如養父が立ち上がり、「ついてきなさい」と命じた。

敷地の北の端に高見櫓《たかみやぐら》のある家屋があった。それを家人は天文の館《やかた》と呼んでいた。ただ、私の出入りは許されていなかった。

養父は天文の館の前で一度立ち止まり、今から禁を解く、と言って錠前を外した。

燈台を頼りに内の様子を見ると、部屋の中央に一抱えもある柱が垂直に立ち、そのまわりに螺旋階段が取り付けられていた。養父は慣れた足取りでそれを上り、私は後に続いた。

地上から四間ほどの高さの櫓《やぐら》の周囲には、視界を遮るものは何もない。その一角に御影石の六尺四方の平板があり、その上に直径が五尺ほどの不可思議な形の青銅製の何かが置かれていた。それは、骨格のみを残した元球体とでも言えばいいのか。三つの円環が相互に交差する。その中心点で二本の鉄軸が交わっている。しかもそれぞれの鉄軸は円環のひとつと一体化していた。

「これは何でございましょう?」

「渾天儀という。星の位置を定める装置と考えればよい」

「星の位置を定める? そのようなものがあろうとは!」

「渾天儀が天文学を作り上げ、天文学が陰陽の礎となる」

養父の言葉も終わらぬうちに、興味が抑えられない私は渾天儀のそばに立ち、上から下から眺め続けた。

三つの円環は何を意味する? 二本の軸は何のため? 分からない。しかし、面白い。

「二本の鉄軸交わるところが渾天儀の中心」

私は、骨格の隙間から手を伸ばし触れてみた。

「そこを皇子が現実に立つ地と見做《みな》せばよい」

私は縮小した己を想像した。

「水平にして最外部にある円環を水平環という。これは現実世界の地平面に相当する」

小さな私は渾天儀が作り出す仮想の球面内部を目にしている。だとすれば……、

「渾天儀の球面内部は現実世界の天球に相当するのでしょうか？」

養父が首肯した。

「しかし、分からぬものが鉄軸。現実世界にこのようなものはありませぬ」

「鉄軸のひとつを極軸《きょくじく》という。これは、皇子が北辰を見上げた時の視線と考えればよい」

「私の視線？」

雲ひとつない北の空を見上げれば比叡山の上に七星があった。その先端の星、天璇と天枢を結ぶ直線上に北辰はある。私は空を見上げた。

「私のこの視線が極軸というは？」

「極軸と接合する円環があろう」

「はい」

「これを子午環《しごかん》という。天球の北頂と南頂を結ぶ大円に相当する」

子午環は水平環と直行していた。

「子午環に触れてみよ」

そうすると子午環は滑らかに、水平環に対し垂直を保ちながら回転した。よく見れば水平環の内側に軌条《きじょう》がある。それに沿って子午環が回転した。

「子午環を回し極軸を北辰の方角に定めよ」

子午環を北辰に向けた。

「極軸に触れてみよ」

指示に従うと、極軸も滑らかに子午環に沿って回転した。子午環の内にも軌条があり、それに沿って極軸は回転した。

「極軸の角度を北辰に合わせよ」

極軸に触れ角度を少しずつ上げ、北辰の高さで止めた。

「これで渾天儀の中心点と北辰を結ぶ軸が定まった」

「そういうことですか！　中心点に立つ仮想の私の視線は今の極軸そのもの。ということはこの角度は現実世界で私が北辰を見る角度と同じ！」

「皇子はのみ込みがよい」

改めて子午環をつぶさに見ると、何百もの目盛りが刻まれていた。それを不思議そうに見ていると、子午環の全周に三六五の目盛りが刻まれているという。

私はすぐさま思いついた。太陽は三百六十五日をかけ黄道《こうどう》に沿い、天球を一周する。一日の移動角度を一度とすれば一周は三六五度。子午環の目盛りと一致する。

「北辰に合わせた極軸の目盛りは……三五。現実世界の北辰の高度もまた、地平面から三五度の高さ、ということでしょうか？」

「星の高度はこうして求める」

「面白い。面白うございます！」

「あらゆる星の動きを知れば天の理《ことわり》明らかとなる。理の向こうに文《あや》がある。皇子よ、理と文を学び陰陽を究めよ」

その日から私はひたすら星々を観測し、天文書を貪り読んだ。

六六三年（称制二年）春　新春歌会
百済遠征は先帝崩御で頓挫したものの、父の決意は揺るぎなかった。しかし、父は即位することなく称制を続け、天皇空位も続いていた。そんな異常事態を抱えながら唐・新羅と戦うには内部掌握が何よりも必要だった。今年の歌会の狙いは内部引き締めにあった。

大広間に重臣たちが向かい合わせに居並ぶなか、叔父と私が上座を占めた。朝廷政治を生き抜いた重臣たちが、本音を押し隠し何食わぬ顔で挨拶を交わす。そんな者たちが居並ぶ中、叔父でさえも年若い。ましてや私は十五歳。子供が一人紛れ込んだような違和感を与えていた。

鎌足が私の下手に控えていた。木笏《もくしゃく》を手にした鎌足は正面を見つめ、背筋をピンと伸ばしていた。

叔父の隣には讃良がいた。讃良は草壁を儲けてから何か意図があるのだろう、朝廷政治に参画するようになった。

讃良以外にもう一人、女人がいた。末席にいたその人は額田。宮廷一の歌人が居合わせることは、歌会なのだから不思議はない。しかし、なにか不穏な空気が流れていた。

父の出座を告げる銅鑼の音が響き、ざわつく大広間が静まりかえった。奥の襖が開くと素服姿の父がいた。誰もが朝服をまとっているなか、その姿はみすぼらしさより、凄みを放ち、重臣たちを威圧した。

一段高い御座で無造作に胡坐《あぐら》するなり一同を睥睨《へいげい》し、ひとつ間を置き命じた。

「大和は百済復興のため唐、新羅と戦う。厳しい戦になろうが、神仏の力を得れば大和は必ず勝利する。皆の者、心して各自の役割を果たせ！」

すべての臣下が平伏し父への恭順の意を示すと、鎌足が誓《ちかい》を立てた。

「我ら一同、中大兄様に従い、勝利を求めこの戦に臨みましょうぞ」

「皆もこの誓い、しかと心に留めよ」

頃合いをみて父が、面を上げよ、と命じた時、その表情は和らいでいた。

「堅苦しい挨拶はここまでよ。今日は私が皆をもてなそう。大いに飲み、食い、歌を楽しむがよい」

「それは有難きかな。ならば歌の主題は何にいたしましょう」

鎌足が尋ねた。

「戦に勝利するには風も味方につけたいもの。風でどうか」

「風……」

鎌足が呟き、しばし考えた様子を見せて続けた。

「思い起こせば蘇我入鹿を倒し、はや十六年」

「その間、色々あったものよ」

冬の空気がさらに凍り付いた。これまで無慈悲なほどに政敵を滅ぼしてきた父の過去を、思い出させるにはこれで充分だった。

「その間、私は何を成したというのか。この前、淡海の風に吹かれ、そんな思いに耽《ふけ》っておりました」

鎌足が木笏に視線を落として歌を詠んだ。

淡海の海《み》 波畏《かしこ》みと風まもり 年はや経なむ 漕《こ》ぐとはなしに

「何かを成そうが成すまいが時は過ぎてゆく。人の世とはそういうものかもしれん」

さて次は、とぐるりと見渡す父だったが、ここは目立たぬことが第一と考えた重臣たちは俯いたままだった。

その時、一番遠くの額田が微笑みながら父に視線を投げていた。

「額田か……よかろう」

「承知いたしました」

そう答えるや額田は嫋《たお》やかに、すっと立ち上がった。その動きに重臣たちは息を止めた。

いくら当代一の歌人でも最も下座にいるならば、私ごときは恐れ多く、と一度は断りを入れるところ。だが、その様子がまるでない。重臣たちは上体を起こし額田を見上げた。額田の艶《つや》やかな黒髪は、花びら模様の簪《かんざし》で豊かに結い上げられていた。淡い桜色の薄絹の唐衣は、裾に下るにつれ紅へと変わってゆく。そんな額田は、周りに頓着せずに言う。

「思いを寄せるお方に思いが届きそうで届かない。そんな秋のある日、心を乱す風がありました」

そうか、と意味深に呟いた父に向かって額田が歌う。

君待つと　わが恋ひをれば　わが屋戸《やど》の　すだれ動かし　秋の風吹く

額田は叔父の後宮に入って十市を儲けた。しかし今は父から寵愛を受けている。それは誰かの思惑によるのではなく、額田自身の選択だった。

叔父と額田、額田と父との関係はここにいる誰もが知っている。知っていながら口にしない。しかし、額田自身が暗黙を公然たるものに転じさせた。

讃良は額田ひとりに振り回される重臣たちに呆れ、同時に額田への憎悪が沸き立っていた。己で道を選べなかった讃良は、額田の自由な生き方を認めない。

讃良がぎこちなく口角を上げ皮肉交じりに言った。

「さすがは宮廷一の歌人です。即興で作ったとは思えませぬ。美貌に加え歌の才もゆたかとは、まことに羨ましい」

額田も黙っていなかった。

「過分なお言葉でございます。私には讃良様のような高貴な血は流れておりませぬ。そんな私は皆様に歌で楽しんでいただく。それくらいしかできませぬ。どうかお許しを」

額田が慇懃に答え、それを受けた讃良は挑んだ。

「すべてが凡庸な私ですが、返してみましょう、あなたの歌に！」

叔父は小声で、讃良よ。そうむきにならずとも、と宥めたが、「讃良の返歌とは面白いのう、大海人よ」と父が割って入った。

それではと讃良が一礼して歌いだした。

風をだに　恋ふるは羨し　風をだに　来むとし待たば　何か嘆かむ

見事な返歌に重臣たちは囁き合った。

「そもそも額田が讃良様の前で挑発的な歌を披露する必要はなかったのだ」

「いやいや。額田の歌は笑って聞き流せばよい。だが讃良様の返歌はどうだ。笑って済ませるものではあるまい」

得意とする歌で讃良に敗れた額田は震える声で言った。

「人々は私を宮廷一の歌人と称えます。でもそうではありませんでした。宮廷一の歌人は讃良様なのです。今の返歌がそれを証明いたしました！」

「額田から認めてもらうとは、実に望外なる喜び」

叔父は凍りついた場を取り繕うとした。

「讃良も時に戯言《ざれごと》を。私を風扱いとは」

乾いた声で笑うや、その意を汲んだ重臣たちの取って付けたような笑い声が続いた。

この時、讃良は決意した。私はこの人から同志として求められる存在になると。


同年夏、百済復興に向けて大和が再び動き出した。

半島に渡った大和軍は、序盤こそ戦果を挙げ順調だった。しかし、それは半島の奥に大和軍を誘い込む戦術だった。

八月二十七日、二十八日

白村江で待ち構えていた唐・新羅軍を相手に大和軍は四百隻以上の軍船と何万もの兵を失った。大和は、初めての外国との戦いで大敗を喫した。

六六四年（称制三年）一月

父は内裏後殿に鎌足を呼んでいた。

「白村江では唐、新羅に敗れ、それを非難する声が今も絶えず。何とかならんか」

「即位なさっては。それも手かと」

「いや、称制を続ける。その上で朝廷内外の不満を抑えながら唐、新羅を牽制する策はないものか」

「とすれば、そうですな……まずは唐、新羅との交流を断ち切ることです」

「情報を与えないためか」

「その上で隙なき防衛網を構築するのです。それも早急に」

「どういうことだ？」

「手始めに、対馬、壱岐、筑紫に防人を置きます。さらに長門から難波に至る要所に城を築きます」

「それができたとして？」

「外国の使節団を受け入れます」

「それではせっかく築いた防衛網の情報が盗まれるではないか」

「いえ、盗ませるのです」

「盗ませる？」

「隙なき防衛網を見せつけ、大和国内の戦なら敗北必至と思わせる。そうなれば迂闊に動くことはないでしょう」

「なるほど、戦いなければ敗北なしか。だとしても……それがこの先の安全を保証するわけではなかろう。何か策が欲しい。唐と新羅の脅威を封殺できる確たる策が」

「腹案がございます。ただ、その時は中大兄様のお役目が鍵を握りましょう」

それは、と鎌足が耳元で伝えると、父は笑みを浮かべて呟いた。

「なるほど。毒蛇と毒蜘蛛をひとつの壺に同居させるか……」


翌日、鎌足の助言を受けた父が、後殿に叔父を呼び出した。

「大海人よ。早急に対馬・壱岐・筑紫大宰府に防人を置け」

「防人？　お言葉ながら白村江で多くの兵を失い西国に徴兵できる民はおりません」

「西国にいないのなら東国から集めればよい」

「東国……」

「甲斐、相模、常陸、武蔵。いくらでもある」

「東国は反発いたします」

「今は国家存亡の危機。異を唱える者がおれば厳重に処分せよ」

「そこまでおっしゃるのであれば……」

しかし、父の要求はそこで終わらなかった。

「瀬戸内の要所に朝鮮仕様の城を築け」

「それこそ無理というもの。城作りに通じる者は大和におりませぬ」

「亡命百済人がおるわ。憶礼福留《おくらいふくる》や四比福夫《しひふくぶ》がの。その者たちを使え」

大規模な工事と人の移動が大和の各地で始まった。博多湾沿岸にあった大宰府は、四王寺山《しおうじやま》と背振山《せふりやま》に囲まれた地に移築され、同時に湾側に水城を、山沿いに大野城と基肄城《きいじょう》を築いた。長門から難波に至る要所には最新仕様の石城山、鬼ノ城、城山城、高安城など多数の城が築かれた。

二年後

叔父が父に報告した。

「防人の配置、大宰府の移築、瀬戸内沿いの築城、すべてが完了いたしました」

「この短期間によくやってくれた」

父は叔父を労った。

「私は指示に従っただけです。されど、白村江で敗れた不満と不信の声は絶えませぬ。国内を安定させるために、即位なさってはいかがでしょうか」

それを聞くなり父が眉間に皺を寄せた。

「今は国土防衛に徹する時。そこに時間を割くことはできん」

「お言葉ですが、大和は天皇を戴き成り立つ国。防衛網が構築できた今こそ、即位の時」

（正論だ。だが今、私が即位すれば大海人を皇太子にせざるを得ない）

父は正論をねじ伏せにいった。

「私自身、即位は考えていない。だが、お前が即位するというなら話は別」

「何をおっしゃるのですか！　即位すべき皇族は兄上以外におりませぬ！」

「いいや、お前も押坂家の皇子ではないか。だが権威なき天皇の末路というのは……」となぶるように言うと、青ざめた顔になった叔父の背中に冷たい汗が流れた。

父は、これ以上追い詰めることもないと考え、柔らかな表情で問いかけた。

「ただ、天皇も皇太子も定まらずというのは確かに望ましくない。そこで、お前に東宮大《とうぐうたい》皇弟《こうてい》を授けよう。どうか？」

「東宮とは皇太子の別称！」

「お前が皇太子格であることが明らかとなる。異存はあるか？」

「いえ、ございません」


数日後、父は叔父と讃良、額田と鎌足、そして私を身舎《もや》に呼んだ。御椅子《ごいし》に坐す父は、讃良に語った。

「大海人に東宮大皇弟の称号を与えたことは知っておろう」

讃良が満面の笑みで答えた。

「それには感謝するばかりです。夫婦ともどもこれから一層お役に立つよう努めます」

父は満足げに頷いた。その時、額田を見ると、無理に口角を上げ、視線は冷淡だった。

その額田が言った。

「東宮とは皇太子の意。ならば讃良様は皇太子妃。なんとめでたいことでしょう！」

讃良は応じた。

「それは気の早いこと。聡明な額田らしくもない」

勝ち誇るように言うと、額田は苦い顔を見せた。

讃良が、そうそう、十市に変わりありませんか？　と話題を変えた。

「十市なら少々体調を崩しておりますが、ご心配をいただくほどではございません」

「それは何より。なにせ大友様との婚姻の儀が近いと聞いたもので」

心配していたのですよ、という言葉は空々しい。

虚を突かれ目が泳いだ額田に讃良が畳みかけた。

「額田の思惑通りでしょう」

柳眉を逆立てた額田が「いくら何でも」と言いかけた時、父が話を逸らした。

「さて、西国の防衛網ができたからといってこれで終わりではない。大和の力を集結し、やらねばならぬことはまだ多い」

大海人よ、と父が呼びかけた。

「東宮大皇弟として一層の働きを期待する」

「心します」

「大友は、皇統を継ぐ者としての自覚を高めよ」

讃良が〝皇統〟に反応した。

「大友様はまだ十六歳。皇統の自覚を求めるには早すぎましょう?」

父は讃良を一瞥しただけでそこには触れず、話を続けた。

「まずは民と土地を朝廷支配に変えねば。どうだ。鎌足」と話を向けた。

「いまだ朝廷による大和の支配は完全ではございません。その一番の原因は、豪族による民と土地の私有です」

「ならば何をなさろうというのですか?」

己の言葉が素通りされた不満を残し、讃良が鎌足に質した。

「豪族の土地と民の私有を禁止し、朝廷支配を徹底するのです」

叔父が思い出した。

「それなら、かつて孝徳天皇が試みた策と同じです。しかし当時、徹底できず今に至っております。その最大の阻害要因は……」

兄上の抵抗ではないですか、と言おうとした直前、父は叔父を睨みつけ、その先を抑え込んだ。

「豪族の既得権益を取り上げる任は、大友が当たれ」

即座に讃良が詰め寄った。

「その任は東宮大皇弟の夫が適任でしょう。大友様はまだお若い。海千山千の豪族たちを抑え込むには無理がございます」

父は、いや、大海人が補佐すればよい、と一蹴した。

（夫が補佐に回る？　ありえない）

「父上に反対するつもりはありませぬ。しかしながら……」

讃良は和やかな表情を作り直した。

「夫に称号を与えたのはついこの前のこと。しかし、重要政策の指揮を大友様にお任せするなら、皇太子が二人いるかのように見えましょう」

「ふむ、なるほど。鎌足はどう考える？」

「そうですな……大友様のご器量に疑いはございません。しかし、民への配慮も今は必要かと」

父はしばらく考えを巡らせ、「土地と民の改革は大海人、お前が指揮せよ」と前言を撤回した。

のちに甲子の宣と言われる改革は叔父が発布し実行された。しかし、叔父の心の内に疑念が広がった。

（兄が即位すれば私が皇太子となりその先に順当な即位があると信じていた。しかし、兄は称制を続け即位しない。しかも重要策の指揮を大友に任せようとした。このまま兄を信じてよいものか）

六六五年（称制四年）
九月二十日
唐の外交使節団が筑紫に到着した。その数二百五十四名。
父は、劉徳高《りゅうとくこう》を代表とする一団を正式な使節として迎え入れた。彼らは筑紫から入国し、瀬戸内を通り難波に至るまで、大和国内の情勢を存分に見聞できた。

菟道《うじ》に入った十月十一日、大和の軍事力を誇示する閲兵式《えっぺいしき》が催され、一行は飛鳥に入った。

劉の目的は大和国内を探ることにあった。しかし、父はそれを見透かしていた。

飛鳥　応接の日の夜

門をくぐると玉砂利が敷き詰められた南庭が広がる。その先に正面九間の高床式入母屋造りの紫宸殿《ししんでん》が聳《そび》え立つ。

十八段の階を上がり朱色の柱の間を抜けて内に入ると、整然と並ぶ灯篭が煌々《こうこう》と内部を照らしていた。その灯が、磨き抜かれた床に反射し、夜でも殿内は驚くほどに明るい。

数段高い上座中央の御椅子に父はどっしりと腰を下ろし、その隣に劉がゆったりと寛《くつろ》いでいた。父の後ろに鎌足が控える。

談笑があちらこちらで絶えないなか、突如、鼉太鼓《だだいこ》が一打ちされた。すると十余名の折《お》り烏帽子《えぼし》に直垂《ひたたれ》を纏った楽士たちが袖から登壇した。それぞれが所定の位置につき態勢が整ったところで、渓谷のせせらぎを思わせる竪箜篌の穏やかな調べが流れ始めた。

何十もの弦を張った一抱えもある竪箜篌を、肩で支え両の手でつまびく楽士は、意外にも華奢な女人だった。美しい指を右から左から、弦の上に滑らせて紡ぎ出す音色は錦の野山を見せ、龍笛の細い音は、木漏れ日を受ける清流のようだった。唐人たちは故郷の秋を思い浮かべたことだろう。

百済舞いを見た父はその感動が忘れられなかった。朝廷内に雅楽寮《ががくりょう》を設け、舞楽団を育て上げた。今日は彼らの初舞台。

「劉殿。今宵の宴、楽しんでおられるか」

「それはもう心より。大和の文化、豊かなり！」

父は瑠璃色のぐらすを片手に、それは嬉しいことを。私と貴殿のごとく大和と唐も良き関係を築きたいものよ、と満面の笑みで答えた。

「我が皇帝高宗も大和との友好を深めたいと申しておりました」

そこで父は、何かを思い出したような顔になって呟いた。

「しかし、懸念がある」

「と申しますと？」

「高句麗が滅亡したあとの新羅の動向よ」

未だ国家として存続していた高句麗の滅亡を父は断言した。

「高句麗の滅亡？　さて、どうでしょうな」

劉は答えにならない返事でやり過ごし、父は劉の表情を横目で見ながら挑発的に問いかけた。

「高句麗も滅亡すれば新羅にとって、さらには貴国にとっても領土拡大の好機となろう？」

「おっしゃる意味が分かりませんな。唐は近隣諸国と対等の友好関係を願うだけです」

父がぐらすを口に当て、

「対等の友好関係か……そういえば貴国は新羅と軍事同盟を結んでおる。同盟となれば、友好以上に厚い信頼が必要ではないか？」

父が探るように言うと「それはもちろん」と、劉は用心深く頷いた。

「新羅は信頼できる国なのか、それをお聞きかせ願いたいのだが……」

視線を舞台に戻した劉が、私はあくまで外交大使です。同盟や軍事は分かりませせぬ、と抜け落ちた表情で酒を飲み干した。

「新羅の国柄が知りたく、つい口が滑った。ご容赦願いたい」

父は采女に、劉殿のぐらすが空いているではないか、と酌を促した。

（中大兄はなぜ新羅のことを知りたがる？　ここは探りを入れても損はなかろう）

劉は、ぐらすを手にしたまま父に語りかけた。

「とはいえ外交官の私でも少しはお役に立てるかもしれませぬ、中大兄様」

そうか、と片手を顎に当て考え込む様子を見せた父が語りだした。

「実はついこの前、新羅の外交特使が飛鳥にやってきた」

「新羅の特使が？」

父が振り向き、間違いないな、鎌足、と話を振った。

「その時、中大兄様に代わり私が応接致しました。間違いございません」

ぐらすを卓に戻した劉が、ほう、それで？　と鎌足に問いかけた劉には、まだ余裕があった。

「大和に調《みつぎ》を献上したいということでした」

余裕が一転、劉の顔つきが変わった。

「新羅が調を申し出た？　ありえない！」

劉が卓を両手で叩き、その勢いで立ち上がると、椅子がうしろに倒れ、音が響いた。

それまで和やかだった空気が一瞬で凍った。すべての視線が音の出どころに集中し、演奏が止まった。しかし父が、皆、続けよ、と鷹揚に命じるとざわつきは収まり、何事もなかったかのようにすべてが再び動き出した。

（劉は思った以上に動揺した。ここで鎌足の策、試すとするか）

父は鎌足に目配せすると、その意を受けた鎌足が劉に語った。

「私も怪訝に思いました。二年前の戦の勝者は新羅、敗者は大和なのですから」

（新羅が大和に調を献上するとはどういうことだ。わが国との同盟の裏で大和と組もうというか！）

劉に不信の種を落とした。

「新羅の本意がどうにも分からん。それで劉殿にお尋ねした次第だが、筋違いであった。この件は忘れてくれてよい」

（大和の防衛網はこれ以上ないくらいに完璧だった。唐と新羅が連合しても、戦いの場を大和に移せば、敗戦は火を見るより明らか。しかも皇帝は大和を侮っている。油断したまま開戦すれば敗北必至）

采女が椅子を戻し、劉はそこに腰かけながら、ここで話を終わらせる訳にはいかないと考えた。

「な、中大兄様」

劉が笑顔を父に向けた。

「新羅の国柄というなら私でも少しはお役に立てましょう」

父はたっぷりと間合いを取り、ほう、それはありがたい、と視線を劉に向けて話を促した。

「そもそも朝鮮三国の間で約束破りは当たり前。そんな国柄ゆえ新羅は唐との合意を反故にしたこと一度や二度ではございません」

父は再び鎌足に振り向いた。

「ふむ。この前の特使の印象はどうであった?」

「真摯にて誠実でした。劉様がおっしゃるような懸念は……」

「ないか」

「はい」

(大和と新羅が組めば半島の利権を失う。これはまずい)

劉の顔から血の気が引いた。

「はて劉殿、顔色が良くない。お疲れなら奥で休まれよ」

「いや、お気遣いなく。それよりも中大兄様。新羅は信じるに足る国ではございませぬ。調の件はどうか慎重なご判断を」

「どうだ、鎌足よ」

「新羅の申し出は不戦の誓約と解せます。それで和平が確保できるなら大和にとって悪い話ではございません」

「なるほど」

父は正面の遥か先をしばらく見つめて考え込んでみせて命じた。

「新羅の調を受け入れる。親書を手配せよ」

「承知致しました」

（この話が進めば、新羅は大和を警戒することなく唐の追い落としに集中できる。阻止せねば）

劉の判断能力が狂いだした。

「中大兄様。お待ちください！　唐の一番の脅威は、新羅なのです！」

「ほう。同盟国の新羅が脅威とはどういうことか」

父は芝居がかった言い方をした。

「高句麗が滅亡しつつある昨今、新羅は同盟する我が国を半島から駆逐しようと毎日のように挑んでいるのです。そういう国ゆえ、不戦の誓いなどあってもなきがごとし！」

「ご助言、確かに承った」

父は特段の関心を示さず、それを察した劉は何とか引き留めねばと必死になった。

「高句麗が滅亡すれば新羅は必ずや大和を標的とするでしょう。ならば、それを未然に制することが肝要ではないですか！」

「だからといってどんな手があろう」

辟易した様子を見せながら再び鎌足に話を預けた。

「新羅の裏切りは未だ定まったことでもなく、調を拒否する理由としては不十分。むしろ拒否した時の影響が懸念されます」

「そういうわけだ。劉殿」

劉の口調が早まった。

「中大兄様、新羅は大和にとっても唐にとっても共通の脅威ではないですか！」

「なるほど。だとしても他に戦を避ける手は思いつかぬ」

それ以上何があろうか、と独り言のように呟き、劉はそこに食いついた。

「中大兄様。大和と唐が手を組むというのはいかがでしょうか！」

「というと？」

「盟約を交わすのです。新羅が大和に触手を伸ばすなら唐は新羅討伐の軍を出す。新羅が唐に仕掛けてくるなら、大和が新羅の背後を突く。それを知れば新羅は迂闊に動けませぬ。新羅の野望は封殺されましょう」

唐と新羅の間に楔《くさび》を打った。

「どうだ、鎌足」

「名案でございます」

「鎌足が言うなら間違いない。いやいや、劉殿は外交大使というより甚《いた》く優れた軍師ではないか」

仰々しい言い方で劉を褒めちぎった父だったが、胸の内は違った。

（毒蛇と毒蜘蛛をひとつの壺に入れたなら、互いに食い合うものよ）

「鎌足よ。親書の件は取り消す」

胸をなでおろした劉は、篭絡《ろうらく》されたことに気づいていない。

一滴の血も流さず唐に大和への侵攻を断念させ、同時に新羅の脅威も封じた。鎌足の答えはこれだった。

一段低い正面に着座していた私に父が呼びかけた。

「大友よ」

私は回り込んで父のそばに立った。

「息子を紹介しよう」

私は劉の正面に立ち、袖に入れた両手を胸の高さまで上げて「大友と申します。高名なる劉徳高殿とお目にかかれ光栄に存じます」と頭を垂れた。

顔色を取り戻した劉は、私を瞠目《どうもく》して言った。

「ご子息の風貌は威風と気品溢れ、骨相は天子。これほどの人物、唐でもそうはみかけません」

父は、いやいや、と言いながらも相好を崩した。

「未熟者だが、今日は息子の顔くらいは覚えてもらえんか」

「もちろんでございます」

「そうだ、大友よ」

父が何かを思いついた。

「劉殿にお前の漢詩を披露してみてはどうか」

大陸で生まれた文化の結晶のひとつが漢詩である。それが半島を経由し大和に伝わり今に至る。唐を代表する高官ならば漢詩の教養はどれほどのものか。そんな人物から批評を受ける機会はそうはない。

それでは、と応じた私は、この宴に沿って天子を寿《ことほ》ぐ漢詩を披露した。

皇明《こうめい》日月と光り《て》　帝徳天地に載つ《み》
三才並びに泰昌《たいしゅう》　万国臣義を表す

「いかがですかな、劉殿」

「天子の威光から説き起こし、これを帝徳へ受け継ぎ、そこから天・地・人が栄える様《さま》に転じ、最後は天子を慕う諸国の臣義に結ぶ。これは見事というほかありませぬ」

劉は、しかも、と続けた。

「日と月、天と地を対比するところを見れば、ご子息は陰陽にも通じておりましょう」

（大和が唐の文化に触れてまだ日は浅い。しかし、この若き皇子は漢詩を知り尽くし、陰陽までも習得している）

「大和を侮ってはいけない」

劉の心の声が漏れた。

「劉殿。大和が何と？」

「いえ、なんでも……」

6．四神相応 根源の地

「いや、大津のごとき地はない。当たり前に見ていた光景が大和にあって唯一とは意外だが、この地形にどのような意味がある？」

「それが四神相応」

養父が断じた。

六六五年（称制四年）十一月

唐と新羅の間に楔は打った。しかし、外国の脅威が後退すれば内部の不満が蠢《うごめ》き出す。それを押さえ込みたい父は、唐の外交使節団を見送るや、踵《きびす》を返し大津に向かった。

晩秋の淡海の湖面から靄《もや》が立ち、その奥に紅葉が見え隠れする。はるか比叡山系を望めば冠雪が降りていた。この季節は秋と冬が同居する。

大友村主邸

父が搾《しぼ》りたての清み酒を飲み干すや、即位の決意を伝えた。

「いよいよ、ですか！」

養父は喜びを隠さなかった。

「しかし、その前に遷都を断行する」

「遷都とは……大事業ですが、ご真意は？」

「厄介な不満分子を抑え込むためよ。飛鳥を都とする限り、昔からの柵《しがらみ》は断ち切れず、奴らの力は温存される」

「さようでございますな」

「不満分子の力を削ごうとすれば、本拠地飛鳥から引き離すことが手っ取り早い。そのための遷都だが、適地がのう……」

「なるほど」

村主は、しばしお待ちを、と腰を上げ客間を出て奥の書庫に入った。そこから戻った時は、大小ふたつの巻物を手にしていた。

村主が大きめの巻物の紐を解いた。広げた巻物の幅は二尺、長さは四尺。大和全土の絵図だった。

「陰陽師とは色んなものを持っておるものよ」と驚きを通り越し、あきれた顔で息を吐いてから、父は絵図に見入っていた。

「中大兄様、大和は筑紫から常陸まで東西に長く、常陸から津軽は南北に延び、あたかも一張りの弓のごとき形です。中央には飛鳥、山城、和泉、河内、摂津の畿内五国があり、大津はここ」と指先を置いてから、「大津の西に道の起点となる山城があり、東には大海のごとき淡海が控えます」と続けた。

「北を見れば比叡山、南に蒲生平野が広がります」

「いつも大津から見る光景だがそれが？」

父は訝《いぶか》し気だった。

「このような地が大津以外にありましょうか」

問われた父はつぶさに絵図を見た。

「いや、大津のごとき地はない。当たり前に見ていた光景が大和にあって唯一とは意外だが、この地形にどのような意味がある？」

「それが四神相応」

養父が断じた。

「四神相応？」

「青龍、朱雀、白虎、玄武の四神獣は天の東、南、西、北を守護いたします」

「ふむ。それで？」

「大陸では新たに都を造る時、東西南北の守護を重視いたします。そのため陰陽師は四神獣を降臨させ都の守護に充てるのです」

「陰陽師にはそんな力もあるのか！」

養父は静かに首肯した。

「ただし、四神獣が力を発揮できる特有の地形が求められるのです」

「それが道、海、山、野か」

「ゆえに遷都の地を求めるならば、大津以上はありませぬ」

父は、うーむ、と唸ってから両腕を組み、しばし考え込んだ。

「もし、四神相応を満たさない地に遷都したならば？」

「早々に滅びましょう。大陸の歴史がそれを証明しております」

「四神相応か……いや、待てよ」

父が何かに気づいた。

「山城がすべての道の起点となっている。これに何か意味はあろうか」

「そこに目がいくとは、流石でございます。大和にあって最初に人々が暮らし始めた地が山城でした」

「それがなぜ道の起点となる?」

「山城で原初の人々が暮らしを始めて人が増え、新たな地を求め四方八方に移動した。移った地でまた人が増え、さらにその先の地を求め移動した。やがて大和に、あまねく人々が暮らすようになったのです」

「それが大和の国の成り立ちか」

「ゆえに山城は、根源の地なのです」

「四神相応の地と根源の地は隣接するか」

「いかがでしょう、中大兄様。大津に遷都するならば、それを機に天皇記を根源の地に移すというのは?」

「悪くはない。が、何ゆえに?」

「遷都が始まれば御霊殿山でも人の出入りは増えましょう。そうなれば八大龍王社に秘匿する天皇記、人目に触れる恐れが高まります」

「そこで新たな秘匿先を山城に求めるか……だとしても山城も広い」

その時、これをご覧ください、と養父が小ぶりの巻物の紐を解いて開いた。それは幅一尺、長さ二尺ほどの絵図だった。

父はもう驚くことも、あきれることもなかった。

「これは山城の詳細絵図……よく見れば……ふむ、確かに多くの道がある」

「千本道、丹波道、山國道、イハヤ道などが交差する北の山岳地が……」

「根源の地か」

「この地に寺を建てました」

「天皇記を秘匿するためにか？」

「寺号《じごう》は因超寺。因果を超える寺、でございます」

「村主殿は何もかもお見通しか」

それにしても、と父が一息置き絵図を眺めて語った。

「このような絵図、高い空から見なければ描けまい？　しかし、人が鳥のごとく飛べるわけもない。一体誰がどのように描いたものか、つらつらと考えておるが、どうにも分からん」

　養父が答えた。

「絵図は道照が作りました」

「あやつか！　掴みどころのない奴よ。飛鳥寺で禅に励んでいるかと思えば、姿を消し、あちこちに出没する。高僧ゆえ見逃しておるが」

「道照は元々が船、橋、井戸作りを生業とする百済系船氏の出身です。測量や計算に長けておりました。唐で天文学も習得し、それを絵図作りに活かしたのです」

「それで各地を遊行しておるのか。これほど精緻な絵図を作ろうとすれば高度な知識が必要であろう」

「いえ、初歩的な天文学と測量術を知っておれば難しいことではありませぬ」

　本当か、と疑う父に養父は語った。

「まず起点となる第一の地を定めます。それはいかなる地でもかまいませぬ」

「ふむ、それを定めたとして？」

「第一の地から北辰を目印に子の方角、すなわち真北九里の距離を測り第二の地を定めます」

「九里をどのように決める？　まさか勘ということもなかろう？」

「背丈が六尺ほどの人物が第一の地から見る地平線が九里先」

「なるほど。それを知っておれば地上にいても方角と距離を正確に得るわけか」

「そして第二の地に立ち再び子の方角、九里先を見て第三の地を定めます」

「ふむ」

「あとは同じことを繰り返すのです」

「そうすると？」

「海岸線に辿り着きます」

「そこで第一の地から北の海岸線までの距離が定まるわけだ」

「次に第一の地に戻り、そこより午の方角、真南に向かって同じことを繰り返します。異なる点は北辰に背を向けることだけ」

「さすれば南の海岸線に辿り着く……」

「こうして得た二つの線を繋げば、第一の点を通る子午線が定まります」

「ならば東西線は？」

「東の方角、卯に向かう時は北辰を左に、西の方角、酉《とり》に向かう時は北辰を右に見る以外は同じこと。東と西ふたつの線を繋げれば、第一の点を通る卯酉線《ぼうゆうせん》が定まります」

「それを大和全土で行ったというか」

「すべての子午線と卯酉線の端を順に結べば、大和の形が定まります」

「なるほど。鳥の目なくとも絵図は作れるものか」

「道照は各地の地形も克明に記録して……」

「詳細な絵図も作りあげたか」

ならば、と言って父が立ち上がった。

「遷都の地は大津。天皇記は因超寺に移す！　あとは新都の守りよ」

「軍事面ならば鎌足様でしょう」


白村江の戦いを契機に多くの百済人が大和に亡命した。父は彼らを受け入れたものの十分な生活の場を与えることはできなかった。しかし、淡海周辺には豊かな水と土地がある。父は手始めに百済人四百人を淡海東岸の神前《かんざき》に移住させ、新都の基盤作りに活用した。

山科　鎌足邸

鎌足の邸宅は山階陶原《やましなすえはら》の家と言われた。

門をくぐると池がある。池の中央に築山《つきやま》が置かれ、遥か遠くの山々が池に映り込む。築山に架かる石橋から水面を見おろせば鯉がゆらゆらと泳ぎ、借景の向こうに庵《いおり》があった。

「今日は村主殿と邪魔をする」

どうかごゆるりと、と門前で父と養父を迎えた鎌足は、そのまま築山を通り抜け、庵へ案内した。

鎌足は、大陸でもまだ珍しい茶を取り寄せていた。それは、蒸した茶葉を臼でつき、固めて乾燥させた団茶だった。これを削り熱湯で戻し、二人をもてなした。椀から爽やかな香りが立ちのぼった。鎌足は茶を出す直前、橘皮《きっぴ》を入れ香りを加えた。

時折、鯉が跳ね水面を打つ。

その一服が終わると、鎌足が切り出した。

「さて、村主様もご一緒となればよほどのことでございましょう」

「私は遷都を決めた」

どんなことも表情を変えない鎌足だが、この時ばかりは違った。眉をぴくりと上げて反応を見せた。

「早速だが、遷都の地は村主殿の助言を受け決めておる」

「と申しますと？」

「新たな都は大津」

「大津とは意外……理由は？」

「そこは私が」と養父が四神相応の地であることを語った。


「村主殿ならではのご助言ですな。しかも根源の地がここ山城とは」

鎌足が山々を見渡し感慨深げに言った。

「そこでだが、都となれば固い守りが必要であろう」

「さようですな」

養父が巻物を鎌足の前で開いてみせた。

「これは……これほどに精緻な大津の絵図があるとは」

それをまじまじと見る鎌足に向かって父が問いかけた。

「東は淡海があるゆえよいとして、問題は北、西、南の守りよ。これをどう考える」

鎌足は絵図をじっくりと眺めてから答えた。

「私なら道を軸に考えます」

「というと？」

「淡海西岸には南北方向の大路があります」

「ふむ、坂本と膳所を結ぶこの道か」

「これと交差する東西方向の道がございます」

「北から本坂、白鳥越、志賀越、如意越、小関越、逢坂越、そして牛尾越か」

「外敵が侵入するならば、いずれかの道を通りましょう。ゆえに道の交点が守りの要」

「だとすれば坂本、穴太、滋賀里、錦織、長等山、膳所あたり」

「そこに要塞を築けば大津の守りは格段に高まりましょう」

「なるほど……されど多くの要塞を同時に作るというは容易ではないぞ」

「さてどうしたものか……」と両手を組んで考えあぐねる鎌足にも見通しはなかった。

その時、養父が絵図を示しながら言った。

「中大兄様、それぞれの地にはすでに建福院、錦寺、宇佐八幡宮、大友寺、長等神社がございます」

それが、と父が怪訝な顔で質した。

「これらを活用するというは？」

鎌足が膝を打った。

「それは妙案！　これらの寺院を要塞化すれば時間も労力も随分と省けます」

「なるほど。まてよ、だとしても南が手薄ではないか」

「八大龍王社がございます」

「それは御霊殿山の頂にあり、道の交点ではないぞ」

その疑問に鎌足がすかさず答えた。

「八大龍王社は要塞というより物見砦《ものみとりで》として活用するのです」

「確かに八大龍王社から大津全体が見渡せる。物見砦としては最適」

この時、養父が何かに気づいた。

「中大兄様！　これは……」

父と鎌足が養父の視線の先を追った。

「建福院、錦寺、宇佐八幡宮、大友寺、長等神社、八大龍王社はこのように大津を囲みます」

養父が指を当て順に動かした。

「そして、因超寺はここ山城。これを見れば天意、透けて見えるではありませんか！」

目に入っていないながら見えなかったものが意識ひとつで見えてくる。

父もすぐに理解した。

「大津遷都は天の意に沿っておる！　となればこの地にあとひとつ、寺院を置けば」

「天意明らかとなります！　ただそこは山地。ゆえに山を削らねばなりませんが」

「村主殿、この地に寺院を！」

「お任せください」

二人のやり取りを聞いていた鎌足が神祇官の頃を思い出した。

「中大兄様。〝さ〟とは古《いにしえ》より神を意味します。ゆえにさくらとは神のくら。神坐《お》わす処の意なれば、寺院群にさくらを植えてはいかがでしょう。神の加護も得られましょう」

7. 皇統の記憶

六六七年（称制六年）春

父と私は夜明け前の四明岳に立っていた。

「お前に伝えるべき記憶の道が、これから現れる」

天の星々が滲んで見えない水鏡に、七星だけが鮮やかに映っていた光景。それこそが天の意という。

対岸の伊吹山の向こうに、太陽は確かにある。光は強まり、闇が後退する。

太古より繰り返される光景の中に神はいる。

その時、父が命じた。

「大津を見よ」

大津の森は温暖湿潤な地を好む樫と寒冷地で勢力を広げる橅《ぶな》が混じり合う。

「緑に囲まれた美しき宮が見えます。大津は仏の加護を受けて栄えることでしょう」

「ふむ。それだけか？」

父は物足りなさそうに、いくらか私を試すように言った。

他に何があるというのか。目を凝らし眺めてみたが分からない。そんな私を見て、ならば私の企ては功を奏しておるか、と呟き再び命じた。

「寺院群を見るがよい」

「寺院ならば……四明岳の手前に崇福寺、その卯の方角には建福院、午の方角に錦寺と宇佐八幡宮。さらに大友寺と長等神社があり、その先に八大龍王社があります」

「それらが皇統の記憶を導く」

昨日までの私なら、皇統の記憶、と聞いても素通りしていただろう。しかし、今は違う。

「私がなぜお前の養育先を大友家にしたか、理由は知っておろう」

「村主様からお聞きました。陰陽究める天皇となるため」

「しかし、それが天の意に沿っていなければ意味はない」

「いずれにせよ母上の血筋からすれば……」

「お前の意思や血筋など関係ない！　天の意が重要なのだ。私は村主殿に問うてみた。天の意を知る術を。もう十四年も前のこと」

＊　＊　＊

白雉四年、五月二日

大友家本邸

「天が大友皇子を日嗣と認めるか。その意、あきらかとなる時と方位を占断いたします」

父は固唾をのんで、小さく頷いた。

「年の干支 癸《みずのと》の丑《うし》、月の干支丙辰《ひのえたつ》、日の干支は辛巳《かのとみ》。月将、未《み》なり」

養父はその日の干支と月将を呟きながら、手順に従い天盤を右へ左へ何度も回転させて止めた。

「これで、今この時の月将神、干支、二十八宿、八門の位置が決まり、過去から現在までに流れる天の気と地の気が得られました」

「さてここから」と養父が顔色一つ変えず恐るべきことを言った。

「四神獣を召喚致します」

「青龍・朱雀・白虎・玄武を、か？」

常に泰然自若たる父が、この時ばかりは瞬きも忘れるほどに驚嘆した。

「これから神獣にしかるべき時と方位を尋ねます。ただし、中大兄様はその間、気配を消して下さるよう。何を見ようが、何を聞こうが、沈黙を保っていただきたい」

「承知した」

やおら養父が、両手で普賢三昧耶《ふげんさんまや》の印を結び、天盤の上で祈るように上下させ真言を唱えた。

「北斗七タタラヤト、マリキヤソテハカ、北斗七タタラヤト、マリキヤソテハカ、北斗七タタラヤト、マリキヤソテハカ、北斗七タタラヤト、マリキヤソテハカ」

瞼を閉じたまま養父は、真言を繰り返す。

やがて真言が途切れ、カッと目を見開いた。

その瞳には、生きる者が持つはずの光が失われていた。

養父の魂が抜け落ち、代わりに何かが憑依していた。

そこからは、まるで機械仕掛けの人形のごとく、ぎこちなく頭を振り回し、不規則に天盤を回し続けた。

「押坂王家長子の大友皇子、天はこの皇子、日嗣とみるや。その意、示す時と方位を教え給え！　北斗七タタラヤト、マリキヤソテハカ、北斗七タタラヤト、マリキヤソテハカ、

北斗七タタラヤト、マリキヤソテハカ、北斗七タタラヤト、マリキヤソテハカ」

天盤を回す手が、止まった。それでもなお、真言は続く。

「北斗七タタラヤト、マリキヤソテハカ、北斗七タタラヤト、マリキヤソテハカ、北斗七タタラヤト、マーリーキーヤーソーテーハーーーカッ！」

最後の真言を言い終えるや、ビクンと全身が跳ね上がり、そこからうずくまりしばし時が止まった。

養父の口から、曇天の日の薄雲のような形の定まらない何かが抜け出て、姿を神獣に変え天に登った。

瞳に光が戻った養父が、式盤を見て占断した。

「年、丁卯《ひのとう》（六六七年）、辰月甲子日（三月二十八日）、寅刻。亥の頂」

＊　＊　＊

それが今この時、四明岳に立つ理由となった。

占断された今日のこの時は、木気の十二支、辰、卯、寅。さらに木の兄《え》の甲が重なる。

大津から見て亥の頂は四明岳以外にない。

父が再び大津に視線を移した。

「大友よ。桜を見るがいい」

見おろせば、緑の中に咲き誇る桜が点在していた。

「桜は七つの寺院に限られているようですが」

「夜明け前の淡海を思い出すがいい」

七星を映した淡海を思い浮かべ大津を再び眺めた。

目にしていながら見えていなかった。

「こ、これは！　桜色に染まる寺院群を繋げば七星。七星が大津の地に刻まれている！」

「この季節、四明岳に立ち目にできる桜七星よ」

「父上の企てとは、大津に七星を刻むことだったのですか」

父は鼻を鳴らし、それだけならただの酔狂、と言った。

確かに酔狂でこれほどの仕掛けを作るはずがない。ならば何のため。思考は彷徨《さまよ》う。

「七星の役割は？」

問われた私は北辰を思い出し、その直後、閃《ひらめ》いた。

「宮を囲む寺院群を七星とみれば、崇福寺は天枢、建福院は天璇。ならば、ふたつの寺院を結ぶ直線上に、地の北辰があるのですか」

私はその付近に視線を向けた。しかし、目に入るものは深き森以外にない。

いや、一瞬何かが見え、視線を戻した。

「森に埋もれるように、小さな藁葺《わらぶ》き屋根がひとつ見えます」

「それが地の北辰、因超寺。皇統の記憶はそこに眠る」

その時、鳥居が空間ごとグネリと歪んだ。

人々は目を覚まし、いつもと変わらぬ営みが始まる。そのひとつひとつが愛おしい。

「大友よ、私の陵《みささぎ》は？」

「因超寺から午の方角、四里ほど先になります……ということは」

父の陵は大津から見れば未の方角にあたる。それは、陰陽三合の理に照らせば必然だった。

生きとし生けるものすべては、生まれ（生）、旺盛に成長し（旺）、死を迎え墓《ぼ》に入る。これを生旺墓三合の理という。

水気・木気・火気・土気・金気それぞれに三合の理がある。木気三合の理ならば、亥に生まれ、卯に旺《さかん》となり、未に死す。ゆえに木徳の天子の陵は未の方角に築かれる。

陰陽が、桜七星、因超寺、父の陵を導いていた。

「しかしまだ、未完」

「未完？　それはいかなる意味でしょう」

「飛鳥の地にもう一つの陵を築かねばならん。しかし、私に時間はない」

――大友よ、飛鳥の地に子午線を刻め。

子は始まりを意味する「一」と、終わりを意味する「了」を重ねる。

それゆえ〝子〟は、万物の始まりと終わりを結び、永遠の循環を意味している。

その時、私の意識が肉の束縛から解き放たれ、空に向かって上昇した。

振り返り地を見下ろすと、淡海が、大津が、桜七星が見えた。

視線を飛鳥に移すと、子午線が輝き脈打っていた。

万物は、この聖なる子午線のなかで永遠に循環する。

子午線と桜七星が交わる根源の地に皇統の記憶が眠る。

私は、皇統の記憶を未来に繋げる責任を父から引き継いだ。

六六八年（称制七年）
戊辰の年寅の月（正月）戊子の日（三日）
木気旺盛なる日に父は即位した。

同年　五月五日
遷都と即位を祝う宮廷行事が、淡海南東の地、蒲生《がもう》で催された。そこに無数の丘陵があり、そこかしこに紫草が群生している。
女たちは薬草狩りに勤《いそ》しみ、男たちは馬でうさぎを追った。小高い丘から淡海を見渡たせば今日も漣が立っていた。
丘に立つ父は、遠く叔父の姿を見つめていた。叔父はその視線に気づくことなく、誰かに袖を振っていた。叔父の視線の先に額田の姿があった。額田がそんな叔父を慕った歌がある。

あかねさす　紫野《むらさきの》行き　標野《しめの》行き　野守《のもり》も見ずや　君が袖振る

叔父が返した。

紫草《むらさき》の　にほえる妹《いも》を　憎《に》くあらば　人妻ゆゑに　われ恋ひめやも

その夜、浜の台に重臣たちを集め父が告げた。

「今日は良き知らせがある」

場がざわついた。

「大友は十市を妃に迎える」

それはめでたきかな！　そんな声が溢れるなか、讃良ひとり、口元を歪ませていた。

（これは大友即位を見据えた婚礼予告ではないか。大友が即位すれば十市は皇后、その実母が額田。私は額田を仰ぎ見なければならないのか？　そのようなことに耐えられようか）

険しい顔を見せた讃良に叔父が声をかけた。

「気分が悪いようだが」

「お話があります」と、怒りを滲ませ讃良が「あちらへ」と広間の出口に目配せし、叔父を連れ出し人目につかない北の回廊に回った。

襖壁の向こうから賑やかな様子が伝わってくる。それが讃良を一層苛つかせた。

「あなたは今日の宴をどう思っていらっしゃいます」

「どうと言われても、めでたき席であろう」

「そうですか」

讃良は、ため息混じりに言った。

「父が意図なくこのような宴を催すはずがありません」

「お前は一体何が言いたい？」

「あなたは本当に大らかな方。ゆえに人々から慕われる。しかし、それが弱点でもあるのです」

あまりに不躾な言いように叔父も声を荒げた。

「私を侮るか！」

讃良は臆することなく、そもそも、と切り出した。

「今宵の宴は大友様の即位を見据えた地ならしです」

「大友の即位？　二十歳の大友が？　それはありえん」

「いえ、二十歳となれば成人。若くとも若すぎるということはありませぬ」

「だとしても次に即位するは、東宮の私だ。分かり切ったことではないか」

「それが油断というもの」

「お前が心配性なだけだ」と不満げに顔をそらした叔父を讃良は逃さない。

「いいですか！　東宮大皇弟は皇太子格を意味しても皇太子そのものではありませぬ」

「そのようなこと、言われなくとも分かっておる。しかし、大友の母は采女。血筋ばかりはどうにもなるまい」

「いいえ。それは迎え入れる妃で補えます」

「それで……十市か？」

「十市は押坂家の血脈を継ぐ皇女。大友の弱点を補うにこれ以上の妃はおりませぬ。そうなればもう、大友を日嗣と認めない理由はなくなります。今日の宴は大友即位の道筋をつけるためでしょう」

「ならば私の即位は……」

「遠のきます」

その時、本邸から台に向かって渡廊を歩む人物が讃良の視界に入ってきた。

「あの方は……」

讃良がその人物に向かって歩みだし、叔父も讃良に従った。

台に戻る途中の村主が一人、ほくそ笑んでいだ。

（十市様を妃に迎えれば皇子の即位は間違いない。そうなれば大友家は名門にのし上がる）

その時だった。

「村主様！」

突然の呼びかけに養父はあたりを見回した。

「村主様ではございませんか」

その人は穏やかな笑みを湛えながら近づいてきた。

（讃良様？　その後ろには大海人様も……）

二人が回廊から回り込み、渡廊の階で立ち竦《すく》む養父の側にやってきた。

「村主様とお会いできればと思っておりましたの。ねえ、あなた」

叔父が頷いた。

「讃良様からお声をかけていただくとは、光栄でございます」

畏まった様子で、しかし警戒を怠らず養父が答えた。

「父とお付き合いの深い村主様が何をおっしゃいます」

「私は皇子の養育を命じられただけでございます」

「村主様は陰陽を知る唯一のお方。それゆえ父は大友様の養育を命じたのでしょう?」

違いますか、と迫られた村主は、いえ、まあ、と不自然な笑顔でなんとか受け流した。

それを聞いた叔父が続いた。

「陰陽か。私も興味はあるが難しい学問でな」

「あら、あなたは陰陽に興味をお持ちでしたの」

讃良が冷ややかに言う。

「お前はどうも私を軽く見る節がある。困ったものだ。のう」と同意を求められた養父が歪んだ笑みで返した。

ときに、大陸の天子は陰陽師をそばに置くという。知っておったか、と讃良に投げかけた。

讃良は、あら、そうですの、と、にべもなかったが、それはなにゆえでしょうか、と付け加えた。

「森羅万象を見通せる陰陽師がおれば、何かと心強いではないか」

「何をおっしゃるのかと思えば、村主様に仕えてほしいということですか」

「いや、そういうつもりでは……」

叔父は言葉を濁し、讃良が養父に問いかけた。

「いずれにせよ、大友様のご即位は間違いございません。村主様にとって慶事でしょう?」

「いえ、私は養父というだけで、それ以上は何も……」

「そうでしょうか?　大友様が即位なされば名門となりましょう?」

「そのようなこと、一瞬たりとも考えたことはございません」

「もちろん私たちも大友様のご即位を願っております。しかし、この先、変事がないとも限りませぬ。陰陽師の村主様なら申すまでもないでしょうが」

「讃良よ、お前こそ村主殿を困らせているではないか」

叔父は村主に同情の眼差しを送り、気を悪くせんでくれ、と宥めた。

目元が柔らかくなった讃良が軽やかに言った。

「村主様とこれからも、よきお付き合いをしたい、それだけですわ」

養父はぎこちなく、まことにありがたきかな、と応じ礼をした。

叔父とともにその場を去りながら讃良は考えた。

（甲子の宣、大津遷都、十市との婚礼はいずれも大友即位を視野に入れている。このままでは夫の即位はない……）

「あなた……お話が」

六六九年五月

父は叔父と鎌足を従え、うさぎ狩りを名目に山科に入った。

三人は馬に跨り野うさぎを追った。うさぎを見つけたなら、追いかけてみるが、目的は他にあるのだから、熱心に追い続けることはしなかった。

「大海人よ、話があるのだろう。讃良から聞いておる」

父と叔父は馬に乗ったまま、距離を縮めた。

「兄上が即位してから一年と半年。未だ皇太子を冊立しておりませぬ」

「そのことか。お前が東宮大皇弟であることは誰もが知っている。それでよかろう」

「お言葉ですが、東宮大皇弟は尊称に過ぎず、皇太子そのものではありませぬ」

「ならばお前を皇太子にせよとでも？」

父が不機嫌を露わにした。

「天皇ありながら皇太子未冊立は不自然です」

「不自然であろうがなかろうが、お前にとやかく言われることではない！」

ただならぬ気配に鎌足は眉根を寄せた。

「いえ、言わせてもらいます。称号ならば要りませぬ。私を皇太子にすると約束していただきたい！」

「私に指図するか！」

激昂した父は、太刀を抜いた。

「私の忍耐もここまで！」

叔父も太刀に手をかけた。

「おやめ下さい！」

鎌足が身を挺《てい》して馬ごと二人の間に入った。この時、興奮した馬が嘶《いなな》き、垂直にのけ反り、鎌足は体勢を保てず背中から落ちた。運悪くそこは鋭角に突き出た岩だった。

骨の砕ける音がした。

鎌足の全身に激痛が走る。

父は、すぐさま馬を降り駆け寄った。

「大丈夫か！　鎌足！」

痛みに堪える鎌足が父に訴えた。

「中大兄様、どうか忍耐を。寛容なお心を……」

「わ、分かった」

父は振り向き叔父に命じた。

「我々の諍《いさか》いはここまで。大海人よ、人を呼べ！」

鎌足は身を挺して争いを止めた。それがなければ違う歴史があっただろう。


鎌足の下半身は完全に麻痺していた。

神官が、僧侶が、医師《くすし》が次々とやってきた。神官は祈りを捧げ、僧侶は祈祷した。しかし、容態は悪化するだけだった。

医師が薬研《やげん》を挽きながら父に伝えた。

「神気《しんき》通る経絡《けいらく》が滅しております。ご回復は難しいかと……」

秋の嵐の夜だった。遠くから雷鳴が聞こえる。空を覆う黒い雲の隙間から不吉な稲光が不規則に漏れていた。

突如、雷光が一閃し、耳を聾《ろう》する音が地を震《ふる》わせた。

陶原の家のそばに樹齢二千年の楠がある。その中心に青白い光が走った。そのあと、ぷすぷすと、生木の燃える音が聞こえ、紫煙が何本も上がった。ついに楠は幹の中ほどで無残に折れた。それは大和暗転の兆しだった。

十月十日

父が陶原の家を訪れた。

「直々に見舞に来ていただくとは……恐縮でございます」

そう言いながら痛みに耐え、上体を起こそうとする鎌足に父は優しく語りかけた。

「無理をするな。ひたすら回復に努めよ」

それは有難きかな、と言って鎌足は再び横になった。

「これまでお前には随分と助けられた。感謝する」

「中大兄様、感謝というなら私のほうでございます」と鎌足は微笑んだ。

「勝手し放題の私に感謝？　まさか」

ご存じの通り、と鎌足が語りだした。

「中臣家に生まれた私は、生涯神祇官として生きることが宿命でした。しかし私は兵法に興味がありました。何とかそれを活かす道はないものか、毎日そればかりを考え過ごしておりました。そして中大兄様と出会ったのです」

「確か法興寺の槻《つき》の樹の下で、蹴鞠《けまり》に興じていた時か」

「この方こそ私が仕えるべき主《あるじ》と直観致しました。そこから私の夢が始まりました。この年まで夢の中で生きた私は果報者。あとは静かに旅立つだけです」

「そのようなことを申すな。これからも頼りにしたいのだ」

父は、人混みの中で親を見失った子供のような目で言った。

「中大兄様。これが最後の願いです。どうか私の葬儀は簡素なものに……」

十月十五日
山科の件以来、父と叔父の蟠《わだかま》りは解けないままだった。しかし、余命幾ばくもない鎌足を見た父は、叔父を呼んだ。

「この前、鎌足を見舞いにいった」

「鎌足殿の……気になっておりましたが……それで容態は？」

「長くはなかろう」

「何という……私の愚行がもとで」

「鎌足と最後の別れを交わしてくるがよい」

「はい……」

「鎌足の功績を称え、大織の冠を授ける。私に代わりこれを伝えて来よ」

「大織とは、皇族にも授けられたことのない冠位」

「これが私の精一杯だ」

陶原　鎌足邸
「貴殿に大織の冠を授ける」
叔父が鎌足の枕元に冠を置いた。
「私ごときになんと過分な、ありがたき褒美でございます」

叔父は乞うた。

「許せ、鎌足」

「いえ、これは運命。どうかお気になさらず」

そう言い残した鎌足は、翌日永眠した。

十月十九日
鎌足の葬儀が陶原の家で執り行われた。そこに参列した叔父と讃良は、葬儀が終わるや大津に向かった。

「これほどの深き時間に大海人様と讃良様がお見えになるとは!」

突然の来訪に驚く養父は、二人を客間に案内した。

「何の用意もなく申し訳ございません」と養父が恐縮しながら、二人の出方を待っていた。

「私たちが勝手にお邪魔しただけです。お気になさらず」

讃良が改めて切りだした。

「鎌足様が亡くなったこと、残念でなりませぬ」

「まことに惜しい方を亡くしました」

「私たちは、鎌足様の分も父を支えねばと決意を新たにしております」

「それは私も同じ思いです」と応じた養父は、二人の狙いが読めない限り、のらりくらり躱そうと考えていた。

叔父が直截に投げかけた。

「私たちは村主殿とこれまで以上の協力関係を築きたい」

いいえ、私など何のお役にも立ちませぬ、と距離を取った養父だった。そこで叔父は讃良に語りかけた。

「それにしても時とは何であろうな」

「また急ですこと……そうですわね。時は、過去から未来へ絶え間なく流れゆく。それを止めることはできませぬ」

「ましてや戻ることはない。だが、あの時、やり直しができればと思うこともあろう」

「過去を振り返っても詮なきこと」

「それは分かっておる。分かっておるが、過ちなく生きたいもの」

「何をおっしゃるのかと思えば……人に過ちはつきもの。そうですわよね、村主様」

「讃良様の仰せの通りかと」

「だが、森羅万象を知れば話は別であろう」

「森羅万象？　一体なんのことですの？」

「陰陽だ。陰陽知れば森羅万象も知る。さすれば道も違わず。だが……陰陽それ自体が難しいのだ」

「ならば村主様がいらっしゃいます。ご助言くらいはいただけるでしょう」

いかがですか、と露わな求めを拒めない。養父が答えた。

「私にできることがあれば何なりと」

「それは有難い！」

ならば、と叔父が尋ねた。

「陰陽には相生の理というものがあろう。水生木から始まり、木生火、火生土、土生金、そして金生水と」

「さすがは大海人様。仰せの通りでございます」

「これを皇統に当てるならばどのような解釈ができよう？」

「それは面白い観点でございます」

村主がしばし考えを巡らせ語った。

「五元素の循環は水から始まります。従って初代神武《じんむ》天皇は水徳の天子。水生木の相生より二代綏靖《すいぜい》天皇は木徳。木生火の相生より三代安寧《あんねい》天皇は火徳、火生土の相生より四代懿《い》徳《とく》天皇は土徳、土生金の相生より五代孝昭《こうしょう》天皇は金徳、そして金生水の相生より六代孝《こう》安《あん》天皇は水徳かと」

「となれば三六代孝徳天皇は？」

「相生の巡回八回目。水徳の天子となりましょう」

「ならば、三十七代斉明天皇は木徳か？」

「いいえ、斉明天皇は三十五代皇極天皇が重祚されてのこと。皇極天皇は金徳ゆえ、斉明天皇もまた金徳かと。例外的ではございますが」

「ということは、三十八代天皇の兄上は木徳か？」

「左様でございます」

「そこでだが……火徳の天子が大願を果たそうとすれば、どのような儀があろうか？」

大海人様の意図はこれか、と合点した。

「火徳の儀ならば……」

たっぷりと間をあけて言った。

「夏至の日の午の刻、午の地より南面し、皇祖御霊に大願成就を祈ることです」

六七一年（天智四年）正月は寅の月　葵卯の日。

寅と卯はいずれも木気の干支、水の弟《と》である葵は木気を助く。この日、父は重大な決定を宣した。

朝廷百官のすべての者が、寒風吹きすさぶ夜明け前の朝堂院に控えていた。日が昇るや南門から重厚な銅鑼の音が響き、その向こうから父が現れた。

父は中央の御座処に着座し、叔父はその右下段、私は左下段に控えていた。

臣下たちは皆、首《こうべ》を垂れ父の言葉を待った。

「今日より太政大臣制を定める」

（太政大臣制？）

叔父が僅かに首を持ち上げ心の内で呟いた。

「朝廷にあって最高位は太政大臣とする。太政大臣の元に左大臣、右大臣並びに御史大夫《ぎょしたいふ》を置く。それらの者は太政大臣をよく補佐せよ」

（太政大臣は実質、皇太子ではないか。順当な皇位継承の道筋をつけるため、まずは私を太政大臣に任じようということだ。なるほど）

父が臣下たちを任命した。

「左大臣は蘇我赤兄《そがのあかえ》」

はっと返事をした赤兄が立ち上がり、両手を胸の前で重ね父に深く首を垂れた。

「右大臣は中臣金《なかとみのかね》、御史大夫は蘇我果安《そがのはたやす》、巨勢人《こせのひと》、紀大人《きのうし》」

金が、果安が、人が、大人が順に立ち上がり頭を垂れた。

「太政大臣は……」

誰もが叔父と確信していた。

しかし、父が指名したのは私だった。

「大友皇子！」

「はっ。太政大臣、拝命いたします」

私は立ち上がり、父に向き直り両手を胸の前で重ねて首を垂れた。この時、朝堂院の気配が乱れ、その波紋が大津一帯に広がった。

（大友が太政大臣？　私、ではなく？）

視線が泳いだ叔父は父に振り向いた。その様子は父の視界に入っていたはずだ。しかし、父は何事もなかったように続けた。

「これからは太政大臣がすべてを決裁する。一同、心せよ」

新たな体制のなか、叔父の居場所はなかった。父が立ち上がり内裏に戻ろうとした時、

「お待ちください、天皇！」

叔父が父を呼び止めた。

「私は、どのような役割を果たせと？」

父は立ち止まり、背中を向けたまま淡々と告げた。

「お前は私の良き相談相手、これまでと変わりない。ただ、東宮大皇弟は大皇弟に変わる」

すべてが凍りついた。

「今、何とおっしゃった？」

「お前の称号が大皇弟となる。それだけのこと」

「いかなる理由で！」

「不改常典《ふかいじょうてん》」

父は呟くように言ってから歩み出した。父のあとに続いた私は、一旦うしろを振り返った時、叔父が膝から崩れ落ちていた。

臣下たちは重苦しい気配から逃れるように、叔父を見るともなしに無言でそれぞれの持ち場に戻っていった。

取り残された叔父のそばに讃良がいた。

「あなた」

それは、包み込むような優しい声だった。

叔父はうつむいたまま両肩を震わせ、くっくっくっと、声を漏らしていた。

声が途切れ、叔父は立ち上がり叫んだ。

「私は、一体、何者か――」

肩を上下させて大口をあけて、笑う。笑う。

笑っては咽《む》せ、咽ては笑う。狂人のごとく笑い続けた。

「これほど滑稽な話が、あろうか？　讃良よ。くっくっく」

「あ、あなた……」

「即位を信じていた私は何と愚かな。即位どころか東宮は剥奪、その上無役とは」

天を食らわんばかりに口を開き、また笑う。

やがて力尽き、声は止み叔父は俯いた。

そこから叔父は、再び天を仰ぎ叫んだ。

「私は日嗣ではなかった――」

人が突如、絶望に突き落とされ、拠って立つ場を失えば、精神は破壊される。讃良はそんな叔父を見つめて言い切った。あなたは日嗣です、と。

それで叔父は正気に戻ったのだろう。定まらなかった視線が讃良に向かった。

「ならばこの現実は何だ！」

「真の日嗣だからこそ切り捨てられたのです。不改常典を盾に」

「どういうことだ？」

「皇位継承は父から長子に限る。これを未来永劫、常とせよ、と不改常典が定めました」

「些末なものと気に留めることもなかったが……」

「されど法典は法典。ひとたび定まれば、従うべき典《のり》となります」

「ならば……」

「不改常典は大友を皇位継承者とする根拠であり、同時にあなたの皇位継承権を消滅させたのです。父が長く称制を続けた理由は、大友の成長を待つため。しかし成人に達した今、不改常典を盾に大友即位の道筋をつけたのです」

「ならば、東宮大皇弟とは……」

「不都合以外の何物でもありませぬ」

「ゆえに剥奪されたのか」

しかも、と讃良は続けた。

「大友と十市の間に生まれた葛野が三歳となった今、父から大友へ、大友から葛野へと押坂家長子による皇位継承の道筋が確かになった」

「それゆえ私を切り捨てたのか」

「この先大友が即位すれば、額田は皇后の実母にして天皇の義母。孫の葛野は皇太子」

「狙いはそれか！」

「額田はあなたに気のある素振りを見せて油断させ、裏で父を唆《そそのか》していたのです。それくらい顔色一つ変えずにできる女です」

叔父の噛み締めた口元から血がにじみ出た。

「草壁の身が案じられます。草壁は押坂家の最も濃縮された血脈を受け継ぐ皇子なれば、大友、葛野にとって脅威となりましょう」

「なんという！」

「あなたはこれで終わる人ではありません。しかし今は雌伏の時。真の支持者を見極める機会とすればいいのです」

異形の朝廷がこの日から始まり、その歪《ひずみ》が乱の基層となる。

六七一年（天智四年）八月
鎌足が亡くなって以降、父の体調は崩れ始めた。

「鎌足よ……」

父はそこに鎌足がいるかのごとく一人呟く。

「私は大友を太政大臣に指名し大海人を切り捨てた。大海人は私をさぞ恨んでおろう」

いきなり呟き込み、それが治まってから再び呟いた。

「このまま私が死んだら大海人はどうでる？　大友はどうなる？　お前によき策はない

か」

同年九月

「ご気分はいかがでしょうか」

「大友か……見ての通りよ」

父は別人のごとくやせ細っていた。

「もう長くはない」

「そのようなこと、おっしゃらずに」

「後事を考えた。蘇我安麻呂《そがのやすまろ》を呼べ」

「安麻呂殿は叔父上の側近ですが」

「だからこそだ」

「安麻呂殿をお連れしました」

「大友は席を外せ」

取り残された安麻呂は、なぜ自分が呼ばれたか分からず、平伏のまま父の言葉を待った。

「安麻呂よ。お前は大海人と親しいそうだな」

「歌会で時折ご一緒するくらいです。親しいというほどでもありませぬ」

叔父との関係性を薄めようと図った安麻呂だった。

「大海人のこの頃はどうか」

「讃良様、草壁様と平穏にお過ごしのようです」

「そうか。それはよかった」

会話が途切れ、沈黙が降りる。

父が突然語った。

「大海人に後事を託す」

(私の聞き違えか?)

「明日、大海人をここに連れて来よ」

(無役に落とした大海人様を?)

安麻呂は平伏したまま、承知いたしました、と答えてから退いた。

「安麻呂殿とはどのようなお話を?」

「明日、大海人を連れてきてもらう」

「何ゆえに？」

「母は私に恭の心を望んだが……心というものは、簡単には変わらんものよ」

父は上体を起こし、定まらない焦点の向こうに流れる過去を見ていた。

「大海人に詫び、償いたい」

私は父の心を悟った。


翌日、後殿の前で二人を待っていると、視線の先の南門に叔父と安麻呂が現れた。

歩きながら安麻呂が、正面を向いたまま小さく口元を動かした。

「大海人様、どうかご用心を」

叔父は、それが何を意味するのか分からなかったが、無表情で、承知した、と答えた。

私の目の前にやってきた叔父が安麻呂を労った。

「今日は大儀であった」

叔父の優しくも威厳ある語り口に変わるところはない。安麻呂をそこに残し、叔父と私は歩み出した。

私たちが肩を並べて歩くなどいつ以来だろう。だが、以前のように他愛なき話もできない。叔父は今、何を思うのか。私の足取りは重かった。


「大海人様をお連れいたしました」

「入れ」

父の声は、昨日よりも弱々しい。

「大海人よ、変わりないか」

叔父は、平伏の姿勢から上体を起こして言った。

「はい。それよりも兄上のお加減は？」

「見ての通り」

父は、苦しそうな息をしながら、時折咳込んだ。

「私は毎日、天皇のご回復を仏に祈っております」

そうか、と言って父は残った力をふり絞り語った。

「大海人よ、これまでの振る舞いを許せ。それでも請い願う。私亡きあとの朝廷を頼む」

（安麻呂の言っていた用心とは、これだ。後事を受けると答えた途端、謀反とされる）

叔父は何も返さなかった。

「疑うのも無理はない。しかし、本心から言っておる」

「後事を託すというのなら、太政大臣の大友ではありませんか……」

「お前を試しているわけではない。心からの願いだ」

「私はこのごろ……重い病を得てしまい、後事を担える体ではありませぬ」

叔父は重ねて断った。

「そう言わず、どうか、頼む……」

「私は今より出家し天皇のご快復を願うため、ひたすら修道に励みます」

「受けてはもらえぬか……仏の道に入るか……それもよかろう」

父は諦めた。

叔父はすぐさま内裏仏殿の南殿で剃髪し出家僧の姿で後殿から去った。この時、鉛色の雲が淡海を覆い尽した。

同年十月十九日
叔父はすべての武器を朝廷に預け、一人の護衛も伴わず讃良と二人で吉野に向かった。

この時、蘇我赤兄、中臣金、蘇我果安が、二人を菟道《うじ》まで見送った。ふたりの後ろ姿を見た誰かが呟いた。

翼を着けた虎を野に放ったようなものだ、と。

同年十一月二十三日

この日は、丙辰《ひのえたつ》。

丙は火の兄《え》、辰は火気に隣接する木気の干支。この日は、木生火を象徴する日だった。父が私に命じた。

「立太子の儀を行う。赤兄らを内裏西殿に呼べ」

その奥に金糸を織り込んだ仏像があった。透かし彫りの欄間から入る光が床に反射し、仏像の背後から放射状に広がってゆく。その前で父は背筋を伸ばし彼らを待っていた。

伽羅《きゃら》は、神が創った香料という。清明な香りは、あらゆる邪念を消し去り、心を静寂へと導く。西殿に広がる伽羅の香りに誘われるように赤兄たちが入ってきた。

仏像前に坐わす天皇を目にした重臣たちは、何ごとかと思いながら席についた。

「これより立太子の儀を執り行う。各自、目の前の香鑪を手に持て」

（立太子の儀？）

彼らは無言で顔を見合わせた。

言われたままに香鑪を手に取ると、伽羅の香りが立ち昇る。清明なる香りが恍惚を導く。

「大友を皇太子とする。お前たちは誠実に皇太子に仕えよ。もし、裏切ることあれば天罰が下される」

赤兄が応えた。

「我ら皇太子に随《したが》うこと誓います。これに違《たが》うことあれば、子孫絶え、家門亡ぼうともかまいませせぬ」

「よくぞ申した。皆の者、この誓い努々《ゆめゆめ》忘れるでない」

十一年ぶりにこの国本来の形が定まった。

同年十二月三日

天皇、崩御。

父は傲慢、非情の人だった。だが愛情深い人でもあった。権力を求め続けいつも策謀の中心にいた。しかし、それを人の世の善悪に照らし裁けるものだろうか。

皇太子の私が即位すべき時。それは分かっていた。父は無理をして私の立太子の儀を行ったのだから。しかし、私が即位すれば、叔父はどう思う。私に迷いがあった。

そんな私の心を見透かしたように額田と養父が訪れた。

額田が切り出した。

「心中お察し申し上げます。しかし、今、ご即位なさるべきでしょう」

「いや、今は喪に服す時。即位はそのあと考える」

突き放すように答えると、お言葉ながら、と額田が核心を突いた。

「即位なさらねば大海人様は蹶起いたしましょう」

「仏の道に入った叔父に、その意志はない」

「大海人様の後ろには讃良様がおります。讃良様次第で……」

「讃良がいようがいまいが、叔父は皇位に関心を持っていない。父から後事を頼まれても受けなかったのだから」

「それは謀反と疑われぬため。しかし、これから先はどうなるものか」

「仮の話はもうよい！」

話を終わらせるつもりだったが、養父が額田の後に続いた。

「皇子が即位せねば天皇空位。その隙をつき大海人様は血統の正当性と実績を元に皇位を奪いにくるでしょう。決して仮の話ではございません」

額田が「大友様が即位なされば大海人様の蹶起は謀反となり、迂闊なことはできませぬ。無駄な血を流さぬこと。それこそ天子の務めでございましょう」と重ねた。

最後に養父が「先帝は己の宿命を生き抜いた偉大な天皇でした。その先帝が長く皇子の即位を望まれた。その思いを受け止めて下さるよう」と切々と訴えた。

六七二年（弘文元年）正月

私は即位式を行った。

神饌《しんせん》、幣帛《へいはく》を供え、皇祖皇宗《こうそこうそう》の御名《ぎょめい》を唱え、神代の伝承から説き起こし、神徳を称《たた》えて皇位継承を宣明した。

天皇となった私は、子午線を刻む事業から始めた。

山科の先帝陵を〝子〟とした時の〝午〟の地を定めるため、多くの人夫を必要とした。私は各地から人を集め、彼らを天文学と測量術に長けた百済人に預けた。

山科陵を起点とし、北辰を背に九里先の地平線に人を置く。そこを第二の地として再び九里先の地平線に人を置き第三の地とする。これを繰り返せば、やがて飛鳥の山の際に突き当たる。この事業のため多くの人々が飛鳥の地を往来した。

山科陵正南の地は、偶然にも吉野への入り口、紀虎口《きのこぐち》だった。私はその一帯を直轄領とした。

飛鳥に子午線を刻む事業は、叔父と讃良に不安と不信を与えた。各地から人夫を集めたことは武器を持たせて兵とするため、飛鳥の所々に人を置いたことは吉野の動静を監視し物資の補給を断つため、そして、紀虎口を押さえたことが疑いを確信に変え、乱の起点となった。

同年六月吉野宮

厚い雲に隠れて霞んだ月がぼんやりと浮いていた。

庭の灯篭から境界線の曖昧な薄灯りが部屋の中ほどまで達していた。それさえ届かない奥に叔父と讃良は佇み、庭を見るでもなしに眺めていた。

讃良が重い口を開いた。

「この頃の朝廷の動き、あまりに不穏です」

叔父は口元を歪めて答えた。

「大友は即位した途端、私たちを監視し、物資を断ち、紀虎口を塞いだ」

「謀反を誘っているのでしょう。もし、私たちが動けば……」

「謀反を理由に捕らえるつもりだろう」

「座して死を待つか、起って活路を見出すか。今、決断の時！」

叔父が目を閉じ熟慮を重ね、やがて目をカッと開いて決意した。

「蹶起する！　讃良よ」

「はい！」

讃良は確信した。私はこの人の心を得た、と。

「まずは豪族たちの支持を固める」

「西国の有力者なら、筑紫の栗隈王《くりくまのおおきみ》と吉備の當摩広嶋《たぎまのひろしま》です。いざという時に備え、密書を出しましょう。次に行うべきは朝廷と東国の分断です。すぐに不破関へ。途中、伊賀、鈴鹿、桑名、美濃を通ります。そこで豪族たちの支持を固めましょう」

「戦が始まれば、私が前線に立ち指揮を取る！」

それを聞いた讃良はしばらく考え込んでから「それはお止め下さい」と宥めるように

言った。

「なぜだ？」

「前線は長子の高市《たけち》に委ねるがよいでしょう」

「我が子を戦地に送り、己《おのれ》は安全な後陣で控えろと？」

そんなことができるか、と声を荒げた叔父に、讃良はどこまでも落ち着き払っていた。

「乱を制したあとを考えなくては」

「乱のあと？」

「あなたは必ず勝利する。そして、新たな皇統の初代天皇として即位するのです」

「新たな皇統の、天皇？」

「そうですわ」と嫋やかに讃良は言った。

「初代天皇のあなたは、わずかな穢《けがれ》さえ付いてはならないのです」

「お前は、そこまで考えて……」

六月二十四日
この日は、火徳の天子が力を得るに最良の時だった。

吉野川上流に岩肌が剝き出しの静謐なる地があった。川底は深く表層の流れはゆるやか。岩山の途中から水流が真下に落ち川面を打って水しぶきが立ち昇る。

河原には、蓮華《れんげ》の花に模った護摩壇があった。その中で激しく燃え盛る炎は、すべての穢れを焼き払う。

滝で禊《みそぎ》を終えた叔父は、ずぶ濡れの白装束姿で現れて、岩場を渡り護摩壇の前に立ち、神文《しんもん》を唱《とな》えた。

ひふみ　よいむなや　こともちろらね
しきる　ゆゐつわぬ　そをたはくめか
うおえ　にさりへて　のますあせゑほれ
布瑠部《ふるべ》　由良由良止《ゆらゆらと》　布瑠部《ふるべ》

清音四六文字の神文は、天照大御神が天岩戸に身を隠した時、天宇受賣命《あめのうずめのみこと》が舞い詠《うた》った神歌を起源とする。

神文が宇宙に響き天と地がひとつになった時、叔父は祈った。

「萬世界《よろず》、御祖《みおや》のもとに治せしこと希《こいねがう》。我が大願を成就なさせし給え！」

その夜、叔父と讃良は草壁とともに吉野を抜けた。目的地は不破関だった。

六月二十五日

叔父と讃良が不破関に向かったという報が朝廷に入った。

赤兄が進言した。

「これは謀反です！　今騎馬隊を向かわせれば間に合います」

叔父を捕えよという命など出せるはずがない。私は「追討の必要はない」と言った。

それを聞いた群臣たちは、まさかという目で互いを見やった。

（今なら間に合うものの。なぜ天皇は躊躇する）

それでも蹶起に備えなくてはならない。私は天皇として彼らに命じた。

「穂積百足《ほづみのももたり》、穂積五百枝《ほづみのいおえ》、物部日向《もののべのひむか》は飛鳥の守護に回れ」

三人が頭を垂れ「承知いたしました」と答えた。

「佐伯男《さえきのおとこ》は筑紫の栗隈王に、樟磐手《くすのいわて》は吉備の當摩に出兵を要請せよ。拒んだ時は殺害することも厭わぬ。よいか!」

この時、叔父と讃良は高市と合流を果たしていた。

六月二十六日

叔父は不破関を押さえた。

六月二十七日

わずかな手勢だった大海人軍が、美濃は野上の地に本拠地を構え、そこに伊勢軍と尾張軍が合流した。兵の規模は数万に達した。

六月二十八日

栗隈王は外国の侵略に備えることを理由に中立を保つという。當摩は朝廷に従わずと明言し、樟磐手がその場で殺害した。

六月二十九日

飛鳥から始まった戦は一進一退で推移したが、やがて大海人軍が優勢となった。

「ご報告いたします。大海人軍はみな軍衣に赤い領巾《ひれ》をつけております。そのため士気は高く、朝廷軍は苦戦を強いられております」

赤は火の色。叔父は火徳の天子として勝利を求めている。

ならば私はこの戦に何を求める。皇位か、権力か、権威なのか。いや……。

私はこの戦に敗れることを、金徳の天子として臨むことを決意した。

私は全軍に命じた。

――合言葉を〝金〟にせよ。

七月二十二日

後退を余儀なくされた朝廷軍は、瀬田大橋西側で大海人軍を迎え撃った。この時、朝廷軍の旗は野を覆いつくし、鉦鼓《かねつづみ》の音は数十里先まで響き渡った。

大海人軍の兵士たちはそれに怖気づいた。しかし、大分君稚臣《おおきだのわかおみ》が一人、鬼神のごとき形相で飛んでくる矢をことごとく払いのけ、前に進んだ。稚臣に鼓舞された大海人軍は次々と橋を渡り切り、それを受け止められない朝廷軍は陣形を崩し後退した。私を護衛する兵士たちも逃げ去った。しかし、ここで捕われの身になるわけにはいかない。私には、父から引き継いだ使命がある。

——皇統の記憶。

それを葛野に伝えなくては。

逃げ惑う人々の間を縫うように宮へと馬を走らせた。内裏後殿に十市と葛野がいるはずだ。万一の時は北西の隠れ部屋に潜むよう指示していた。

混乱極まる内裏は燃え上がり、あちこちから黒い煙が吹き、材の焼け焦げる異臭が立ち込めていた。

私は人の流れに逆らい、焼け落ちる寸前の宮に向かって二人の名を叫んだ。

「十市！　葛野！　十市！　葛野！　とおちー！　かどのー！」

「私たちはここです！」

十市の声が聞こえた。そちらを見ると物部連《もののべのむらじ》麻呂《まろ》が広い袖で十市と葛野を庇いながら現れた。

「無事だったか」

「あなたも、よくぞご無事で」

十市と葛野を抱き寄せた。

「今から御霊殿山に向かう。危険は承知だ」

十市は小さく頷いた。

しかし、炎と煙で一寸先も分からない。これで御霊殿山に辿り着けるのか。途方に暮れた時、見えない扉が開かれた。そこから卒然と老僧が現れ、扉を超えてこちら側に足を踏み入れた。その老僧が言う。

「私の後についてくればよい」

直感はこの僧に従えという。

「貴僧は？」

「道照」と答えるや、僧は歩み始めた。確かに御霊殿山に向かっている。しかし、逃げ惑う人々に逆らい先に進むは不可能としか思えなかった。

次の瞬間、我が目を疑った。押し寄せる人波が道照の目の前で左右に分かれ、後方に流れたではないか。彼らの意思ではない、何かの力が働いていた。

道照はひと蹴りで四、五間も跳躍した。ありえない。そう思った時、奇妙な浮遊感を感じた。私も道照のようにできるのか。

地面をひと蹴りすると、髪は水平に波打ち、衣は風に靡《たなび》き、何間も滑走した。

鳥は大空を自由に滑空する。人が重力から自由になれば、こんな滑走もできるのか。

北上する大海人軍の雄叫びが遠くから聞こえる。私たちはその裏に回り込み小関越を抜けて、御霊殿山に沿って南下した。

御霊殿山の西の麓《ふもと》に立った道照は、岩がむき出しの急峻な渓谷を見上げるや、足元をひと蹴りした。道照は岩から岩へ軽々と跳躍し、あっという間に平らな岩場に駆け上がった。

道照が振り返り、無言で、続け、という。

足元をひと蹴りすると私も瞬く間に道照と同じ岩場に立っていた。

眼下に流れる川を見て私は尋ねた。

「この川は？」

「相模川《さがみのかわ》という」

「さ、は神を意味する。ならば、相模川とは神々……の川？」

「いかにも。神々の川抱く御霊殿山は太古より聖地であった。その頂《いただき》にある八大龍王社は、天皇最期の地なり」

天は私の死地も定めていた。

目の前に見上げるほどの石段があり、それを上り切ると八大龍王社があった。淡海を背に建つ社《やしろ》の裏手に道照が回り込んだ。

そこから淡海が一望できるだろう。

道照は角を曲がる直前、私に振り向き、心の内に語りかけた。

——もう自由になるがよい。

その瞬間、心の奥底に沈殿していた柵《しがらみ》が、解《ほど》けた。

自由を得た心とは、何と軽やか、何と清明。

私は道照を追った。

裏手に入ると、思い描いた通りの淡海が見えた。しかし道照の姿がない。すぐ先は断崖。身を隠す場所もないというのに。

道照は、私を御霊殿山の前《さき》に導くや、姿を消した。

崇福寺から酉《とり》の方角に因超寺が見える。因超寺の午《うま》の方角に父の陵がある。ここ御霊殿山からすべてが見えた。

「葛野よ。この光景を目に焼き付けよ」

葛野はまっすぐな瞳で見つめていた。

「これらが皇統の記憶を導く」

「こうとうのきおく？」

「いつの日か飛鳥に子午線を刻め」

「しごせん？」

「その時、記憶の道が完成する」

葛野は頷いた。

私は十市に葛野を預け、別れを交わした。

「連麻呂よ。最後に頼みたい。私がこの地で自害したと叔父上に伝えよ。そして、十市と葛野をくれぐれも、頼む」

「はい……必ずや」

十市が葛野の手を取り、私に背を向けた。その時、葛野が私と二度と会えぬことを予感したのか、十市を振り切り、父上、父上と、あらん限りの声で私の元に駆けてきた。

愛おしい葛野を抱きしめた。

「母と安寧に暮らせ。それが父の願い」

思いを振り切り葛野を十市に再び預けた。

私は武具を外して脇に置き、大津と淡海を目に焼き付けて自害した。

意識が消える直前、眠っていた記憶が蘇った
原初の記憶は光を乱反射する淡海
私は煌めく淡海に目を輝かせていた
そんな私を優しく見守るいくつもの眼差し
尽きることなき好奇心
それを追いかけていればよかった日々
ある春の日、父が私を四明岳に導いた
夜明け前
淡海に映った七星は、私を日嗣と定めた天の意だった

7．皇統の記憶

あの日見た桜は私自身だったのか
私の　今この時が　途絶えた
ここが　無の空間なのか　無限の空間なのか　分からない
記憶の断片が　震え　漂う
懐かしい記憶が　ある　知らない　記憶も　ある
それらが　集まり　渦を巻き　広がり　散って　消えてゆく
皇統の記憶
わたし　の　きおく　が　こうとうの　きおく　と　ひとつ　に　なれば
わ　た　し　は　し　ん　の　じ　ゆ　う　を　え　る　の　だ　ろ　う　か

8. 阿礼

乱後の国分の人影は薄い。沢から聞こえるせせらぎが今は廃墟に寒々しい。小高い台地に繋がる細い坂道を二人の男たちが歩んでいた。

「大友を馬に乗せ、戯れた日もあったが……私たちは皇位を争う立場に置かれた」

「それは運命だったのです。大海人様、大友皇子ともに日嗣ゆえの」

大海人は空を見上げてから、運命か、と呟いて視線を山頂に向けた。

「物部連麻呂から聞いた。大友が御霊殿山で自害したという。ならばその地でせめて花のひとつも手向けたい。それで貴殿に案内を頼んだが……私以上につらいのではないか。村主殿」

「長く、長く養父を務めておりました」

「ならば……大友の勝利を願い信じていたであろう」

はい。しかし……と村主がゆっくりと頭を振った。

「大海人様の勝利は必然に転じました」

「というと？」

「大友皇子は乱の途中、合言葉を金にせよ、と命じたのです」

「まさか。私が火徳の天子として臨んだことは分かっていただろうに」

「自ら金徳の天子となり、敗北を必然としたのです。私の思惑など関係なく」

「大友が。なんという……」

その時、遠くから歌声が聞こえてきた。

いにーしへにー　あめつちーいまだー　わかれずー　めをーわかれーざりしときー
まろーかれたるーことー　とりのーこのーごとくしてー　ほのかにーしてー
きざしをーふふめりー
「この歌はかつて兄上から聞いた神以前の世界！　一体誰が歌っている？」

坂道の先を見ると破れ果てた小屋があり、それに背を預ける若者がいた。大海人が尋ねた。

「お前はなぜ神以前の世界を知っている？」

若者は振り向きその人を見て、神以前？　私は意味までは分かりませんが、と答えその人を見つめた。

「あなた様は……もしや大海人皇子！」

若者は驚き、膝を折りその場で平伏した。

「この歌は父から口伝された言の葉でございます。ただ、それはあまりに膨大で覚えきれず、どうしたものかと思案しておりました。そんなある日、旋律をつけてみたところ、覚えが格段に良くなりました」

「なるほど。それを歌っていたというわけか」

その時、後ろに控えていた村主が若者に問いかけた。

「お前は確か……」

大海人が若者と村主を交互に見て尋ねた。

「村主殿はこの者を知っておるのか」

「ここ国分に住む領民でございます。名は確か……稗田」

「はい。私は阿礼。稗田阿礼と申します」

「阿礼よ、お前の家族は？」

「乱に巻き込まれ亡くなりました。私に残されたものは言の葉だけです」

「そうか……」

大海人は腰を落とし、阿礼の視線に合わせて語りかけた。

「私の舎人として仕えんか」

「私が、でございますか？」

「これはまたとなき機会ぞ」と村主が後押しをした。

大海人が「よし」と言って腰を上げ、村主に向き直って言った。

「村主殿、改めて願う。陰陽師としてこれからの私を支えてほしい」

「もちろんでございます」

9. キトラは語る

「ぼくたちはさらっとしか習わなかったけど、こんな歴史があったんだ」

「確かに歴史はなぜって考えると面白いかも」

そんなあすかの感想を聞いたお父さんは調子に乗って「それでね」と前のめりで続けました。

「大友皇子は即位しなかったというのがずっと定説だったけど、一八七〇年に明治政府が弘文天皇を追号したんだ。例外的にね」

「そんなこともあるんだ」とたけるが目を丸くしていると、あすかが「私、中大兄皇子が大津に遷都した理由も分かった。四神相応なんだね」と満足げに答えました。

「ぼくたちが習った大津の遷都の理由は、唐や新羅の追撃を恐れてということだったよ」

「どうだろう？　その説は、なぜ大津かという説明として弱い気がするね」

「学校で習うことは正しいと思っていたけど、私」

「もちろん学校は基本を学ぶ大事な場所だけど、疑問があれば自分で調べることも大切だよね。第一その方が面白いでしょ」

「そうそう、疑問といえば、いつ、誰が、なぜキトラ古墳を作ったのか？　それって謎のままだ」

「お兄ちゃん、キトラ古墳を作った人はきっと陰陽と天文学に詳しかったはずよ！」

「子午線上のキトラって、色んなことを語ってくれる。歴史って面白い！」

たけるとあすかが弾けるような笑顔を見せた時、「ごはんよ」という声がしました。

今日は、久々に家族全員が揃った食卓です。たけるとあすかは、食事をしながらいつまでも目にしたばかりの歴史の感想を語りあっていました。

資料

付録1　大津宮周辺の寺院群及び古道

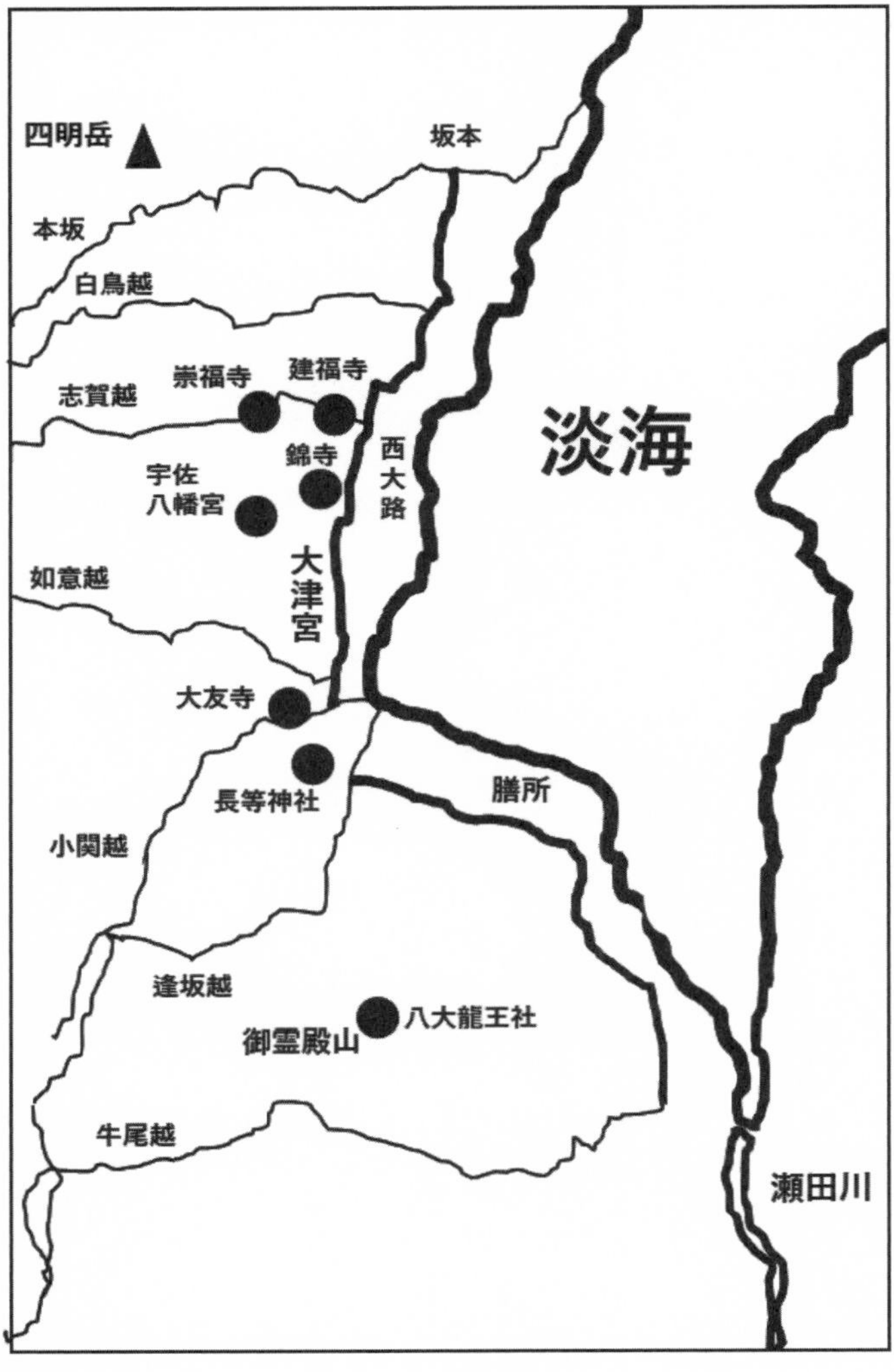

付録2　十二支による時間、方位、八門

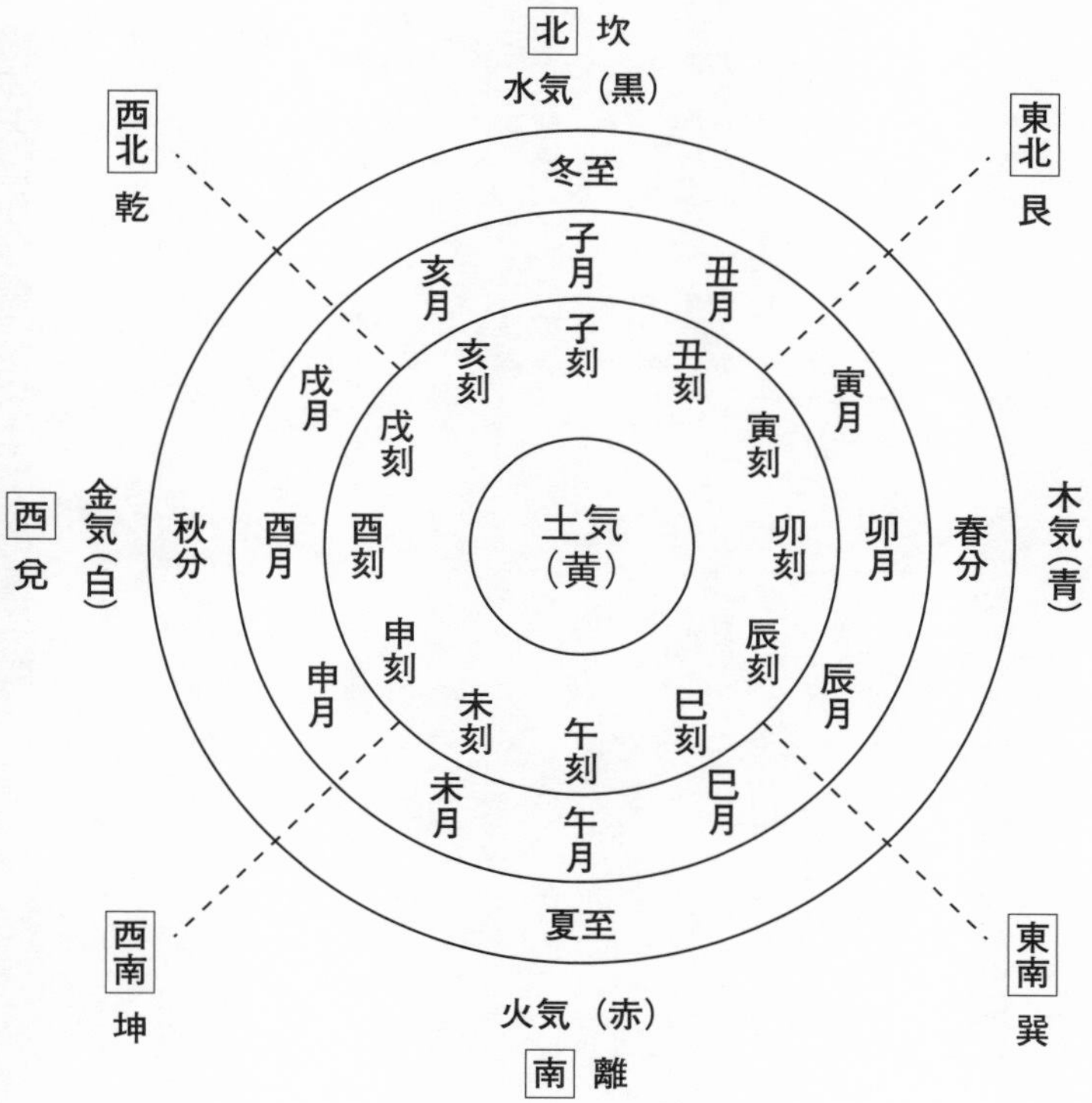

（『吉野裕子全集第３巻』参考）

付録3　継体天皇から聖武天皇までの皇統図

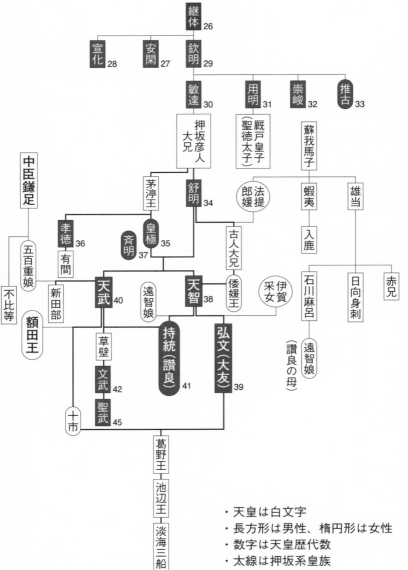

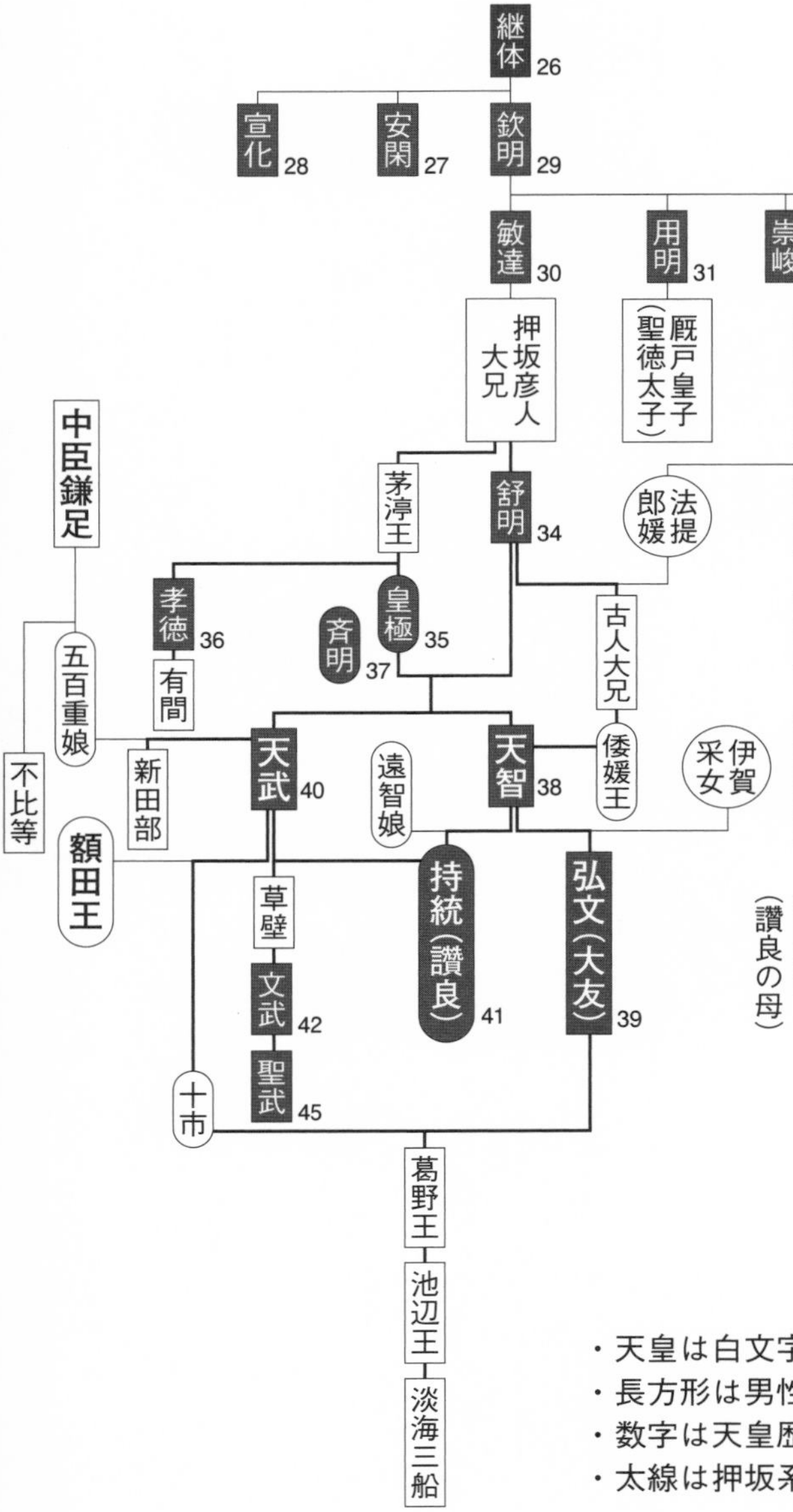

- 天皇は白文字
- 長方形は男性、楕円形は女性
- 数字は天皇歴代数
- 太線は押坂系皇族

付録4　六十花甲子表

甲《きのえ》寅《とら》 51	甲《きのえ》辰《たつ》 41	甲《きのえ》午《うま》 31	甲《きのえ》申《さる》 21	甲《きのえ》戌《いぬ》 11	甲《きのえ》子《ね》 1
乙《きのと》卯《う》 52	乙《きのと》巳《み》 42	乙《きのと》未《ひつじ》 32	乙《きのと》酉《とり》 22	乙《きのと》亥《い》 12	乙《きのと》丑《うし》 2
丙《ひのえ》辰《たつ》 53	丙《ひのえ》午《うま》 43	丙《ひのえ》申《さる》 33	丙《ひのえ》戌《いぬ》 23	丙《ひのえ》子《ね》 13	丙《ひのえ》寅《とら》 3
丁《ひのと》巳《み》 54	丁《ひのと》未《ひつじ》 44	丁《ひのと》酉《とり》 34	丁《ひのと》亥《い》 24	丁《ひのと》丑《うし》 14	丁《ひのと》卯《う》 4
戊《つちのえ》午《うま》 55	戊《つちのえ》申《さる》 45	戊《つちのえ》戌《いぬ》 35	戊《つちのえ》子《ね》 25	戊《つちのえ》寅《とら》 15	戊《つちのえ》辰《たつ》 5
己《つちのと》未《ひつじ》 56	己《つちのと》酉《とり》 46	己《つちのと》亥《い》 36	己《つちのと》丑《うし》 26	己《つちのと》卯《う》 16	己《つちのと》巳《み》 6
庚《かのえ》申《さる》 57	庚《かのえ》戌《いぬ》 47	庚《かのえ》子《ね》 37	庚《かのえ》寅《とら》 27	庚《かのえ》辰《たつ》 17	庚《かのえ》午《うま》 7
辛《かのと》酉《とり》 58	辛《かのと》亥《い》 48	辛《かのと》丑《うし》 38	辛《かのと》卯《う》 28	辛《かのと》巳《み》 18	辛《かのと》未《ひつじ》 8
壬《みずのえ》戌《いぬ》 59	壬《みずのえ》子《ね》 49	壬《みずのえ》寅《とら》 39	壬《みずのえ》辰《たつ》 29	壬《みずのえ》午《うま》 19	壬《みずのえ》申《さる》 9
癸《みずのと》亥《い》 60	癸《みずのと》丑《うし》 50	癸《みずのと》卯《う》 40	癸《みずのと》巳《み》 30	癸《みずのと》未《ひつじ》 20	癸《みずのと》酉《とり》 10

参照文献

江口孝夫全訳注『懐風藻』講談社学術文庫　二〇一六年
『陰陽道の本　日本史の闇を貫く秘儀・占術の系譜』学習研究社　一九九三年
岸本弘編集『朗読のための古訓古事記』二〇一一年
来村多加史著『上下する天文　キトラ・高松塚古墳の謎』教育評論社　二〇一九年
京樂真帆子著『牛車で行こう！　平安貴族と乗り物文化』吉川弘文館　二〇一七年
倉本一宏著『持統女帝と皇位継承』吉川弘文館　二〇一九年
黒崎宏編・解説『「西田哲学」演習　ハイデガー「存在と時間」を横に見ながら』春秋社
二〇二〇年
小林惠子著『「壬申の乱」―隠された高市皇子の出自』（日本古代史シリーズ第七巻）
現代思潮新社　二〇一一年
斎藤英喜著『増補 陰陽道の神々』（佛教大学鷹陵文化叢書17）思文閣出版　二〇一二年
坂本太郎・家永三郎・井上光貞・大野晋校注『日本書紀』岩波文庫　二〇一四年

白石太一郎著『特別寄稿　キトラ古墳と高松塚古墳―壁画の意味と被葬者を考える』（歴史読本一九九八年九月号）新人物往来社　一九九八年
白石太一郎著『古墳の被葬者を推理する』（中公叢書）中央公論新社　二〇一八年
「真乗」刊行会『真乗　心に仏を刻む』中公文庫　二〇一六年
成安造形大学附属近江学研究所『特集 川とはぐくむ』（文化誌近江学第12号）サンライズ出版　二〇一九年
東野治之校注『上宮聖徳法王帝説』岩波文庫　二〇一三年
遠山美都男著『天武天皇の企て　壬申の乱で解く日本書紀』角川選書538　二〇一四年
遠山美都男著『古代の皇位継承　天武系皇統は実在したか』（歴史文化ライブラリー242）吉川弘文館　二〇〇七年
直木孝次郎著『万葉集と古代史』（歴史文化ライブラリー94）吉川弘文館　二〇一〇年
中村昇著『西田幾多郎の哲学＝絶対無の場所とは何か』講談社選書メチエ717　二〇一九年
西岡芳文著・神奈川県立金沢文庫編『式盤をまつる修法―聖天式法・頓成悉地法・ダニキ法―』金沢文庫研究　二〇〇七年

仁藤敦史著『都はなぜ移るのか　遷都の古代史』（歴史文化ライブラリー３３３）
吉川弘文館　二〇一一年
仁藤敦史著『〝都〟がつくる古代国家』（ＮＨＫさかのぼり日本史⑩）ＮＨＫ出版
二〇一二年
直木孝次郎著『キトラ古墳の造営と被葬者』（特集 天武天皇の時代　東アジアの古代文化97号）大和書房　一九九八年
橋本敬造著『キトラ古墳星図―飛鳥へのみち―』（特集　天武天皇の時代　東アジアの古代文化97号）大和書房　一九九八年
服部龍太郎著『易と日本人　その歴史と思想』（生活文化史選書）雄山閣　二〇一二年
八條忠基監修『有職故実の世界』（別冊太陽　日本のこころ２８７）平凡社　二〇二一年
八條忠基著『日本の装束解剖図鑑』エクスナレッジ　二〇二一年
早川万年著『壬申の乱を読み解く』（歴史文化ライブラリー２８４）吉川弘文館
二〇〇九年
林博通著、鈴木靖将画『大津京と万葉歌　天智天皇と額田王の時代』新樹社
二〇一五年

松浦俊和著・京都新聞社滋賀本社編『近江古代史への招待』京都新聞出版センター
松浦俊和著『古代近江の原風景』サンライズ出版　二〇〇三年
真弓常忠著『大海人皇子秘話』（真弓常忠著作選集第三巻）臨川書店　二〇一一年
森公章著『天智天皇』（人物叢書287）吉川弘文館　二〇一六年
森浩一著『敗者の古代史』中経出版　二〇一三年
森田悌著『天智天皇と大化改新』（古代史選書2）同成社　二〇〇九年
矢澤高太郎著『天皇陵』中公選書　二〇一二年
山道帰一著『完全定本　暦大全』河出書房新社　二〇一九年
山本忠尚著『高松塚・キトラ古墳の謎』（歴史文化ライブラリー306）吉川弘文館　二〇一〇年
山本直人著『敗戦復興の千年史　天智天皇と昭和天皇』展転社　二〇一七年
義江明子著『天武天皇と持統天皇―律令国家を確立した二人の君主』（日本史リブレット人6）山川出版社　二〇一四年
吉川真司著『シリーズ日本古代史③　飛鳥の都』岩波新書　二〇一一年

吉野裕子著『持統天皇　日本古代帝王の呪術』人文書院　一九八七年
吉野裕子著『陰陽五行思想からみた日本の祭』（全集第3巻）人文書院　二〇〇七年
吉野裕子著『山の神　神々の誕生』（全集第8巻）人文書院　二〇〇七年
吉村武彦・吉川真司・川尻秋生編『前方後円墳　巨大古墳はなぜ造られたか』岩波書店　二〇一九年
吉村武彦・吉川真司・川尻秋生編『古代の都　なぜ都は動いたのか』岩波書店　二〇一九年
吉村武彦・吉川真司・川尻秋生編『渡来系移住民　半島・大陸との往来』岩波書店　二〇二〇年

あとがき

元号が平成から令和に変わり五年目の今年、シリーズ六冊目の「皇統の記憶」を上梓した。本作は乙巳の変から壬申の乱までを大友皇子の視点で描いた作品である。

この時代の主人公ならば中大兄皇子と大海人皇子であろう。歴史は勝者の視点で描かれる。ゆえに日本書記の大友皇子の影は薄い。ならば大友皇子はどのような歴史を目撃したのか。その興味が動機である。

歴史を学び知る醍醐味は、その内側に入り、時に歴史上の人物となり時代を体感することである。本作がそんな学びの世界への切っ掛けとなれば、実に嬉しい限りである。

執筆に当たり、史実と事実をベースにストーリーを構築することを第一としたが、エンターテイメントとして楽しんでいただくことが一番なのである。脚色や誇張表現もあるがご容赦願いたい。

令和五年十月　　石川一郎太

著者プロフィール

石川 一郎太（いしかわ いちろうた）

石川県金沢市生まれ、東京都在住
県立金沢錦丘高等学校卒業
富山大学理学部卒業
筑波大学大学院修了後、医薬品メーカーに勤務
東京大学にて学位取得（医学博士）
既刊書に『マジック消しゴム』（2011年8月）『マジック消しゴム 創世記』（2012年12月）『マジック消しゴム　時代旅行《タイムトラベル》』（2014年3月）『マジック消しゴム　勝者の敗北 敗者の真理』（2015年8月）『マジック消しゴム　日本の未来書』（2017年11月　すべて文芸社刊）がある

マジック消しゴム　皇統の記憶

2023年12月15日　初版第1刷発行

著　者　石川 一郎太
発行者　瓜谷 綱延
発行所　株式会社文芸社
〒160-0022　東京都新宿区新宿1－10－1
電話　03-5369-3060（代表）
03-5369-2299（販売）

印刷所　株式会社フクイン

ISBN978-4-286-23941-5